今天如何读经典

刘勇　李春雨◎主编

世纪激流

今天如何读巴金

李春雨　乔宇　马岚　著

中国人民大学出版社
·北京·

目录

引　言　永不衰竭的"青春人格"

第一章　家族、家庭、家事

　　老家旧宅 // 011
　　父母之爱 // 018
　　棠棣情深 // 026

第二章　穿越世纪激流的《家》

　　《家》为谁而写？ // 038
　　"家"中的故事与人物 // 045
　　向旧家庭喊出"我控诉" // 055

第三章　走进心灵的《憩园》

　　激流曲的尾声 // 067
　　一曲忏悔的人生挽歌 // 074
　　关于宽恕的爱 // 081

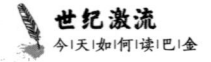

第四章　在《寒夜》里寻求光明

　　暗夜行舟　// 092
　　小人物的命运沉浮　// 099
　　沉重的精神跋涉　// 108

第五章　《团圆》中的人性光辉

　　两次奔赴朝鲜战场　// 119
　　呼唤和平的英雄儿女们　// 128
　　久唱不衰的英雄赞歌　// 136

第六章　巴金不曾离去

　　"把心交给读者"　// 147
　　写给寻找理想的孩子　// 157
　　永恒的家与爱　// 165

引言

永不衰竭的『青春人格』

引言

永不衰竭的"青春人格"

巴金是敢于说真话的人，被誉为"20世纪中国文学的良心"。从踏上文坛开始，巴金便从未放下他战斗的号角。穿越一个世纪的狂风暴雨，他见证了中国历史的种种风云变幻。一路走来，巴金亲历了太多悲欢离合，但他从未失去信仰和对真善美的追求。可以说，巴金是一位善于思考、诚实待人的作家。他把思想当作火，点燃了无数人心中的灯塔。他在人生的险途中艰难跋涉，用青春激情叩响了读者灵魂的大门。他一生中都选择把心交给读者，书写爱与真诚，他的文字总是能够给人以无尽的力量和震撼。

巴金是一团永远燃烧的青春巨焰，早年时期的激情为他一生的创作奠定了基调。他热情而真诚，谦虚又奋进。他拥有永不衰竭的"青春人格"。有人说，读鲁迅的作品像上山，耗尽全力仍然感觉力不从心；读巴金的作品如顺水行舟，一目十行也不觉得快。这句话一方面是说巴金的作品相比鲁迅的作品而言，足够"好读"，没什么大的阅读障碍；另一方面，其实也说明巴金的文字行云流水、富有激情，让人读来酣畅淋漓、非常尽兴。读巴金的作品就像烤火，读得越多，越觉得火热，越能感受到浓浓的青春激情，而这源于巴金那颗永远燃烧着的年轻的心。巴金身上所洋溢的那种激扬向上的气质，总是能让迷途中的人寻找到前进的方向。激情澎湃、勇往直前、献身理想、热情奉献、永不止步，既是巴金坚守一生的做人做事原

则，也是他写作中所奉行的创作宗旨。许多读者都曾表达过这样的感受：读巴金的书，总让人觉得是在和一个20几岁的年轻人对话，那种由内而外散发的青春力量总能让人体会到生命的活力。巴金总是那么真诚地把心坦然地掏给读者。"热情"是巴金的第一标签，彰显着巴金的创作才华和人格魅力；"青春"是巴金创作的潜在源泉，传递着巴金作品永恒的动人力量。

巴金是坚守理想的。理想信念是火把，点燃了巴金心中的热情；理想信念是星光，照亮了巴金前行的道路。无论是在年少时，还是在年老时，理想信念始终是巴金人生道路上的指南针。在人生的险滩上，支撑他与命运的巨浪抗衡、顽强执着地走向生命终点的，正是他对理想信念的坚守。巴金痴迷于理想，对理想和光明的追求是他人生的底色。他始终坚信未来比现在更好。早在五四运动时期，年仅15岁的巴金就是无政府主义的坚定拥护者，早早地确立了自己的理想，那就是建立一个人人都能各取所需的理想社会。他决心用手中的笔探寻精神解放的道路，并且立志为这一理想奋斗终身，他虔诚地相信一切罪恶都会消失！巴金的一生是曲折的，他走过很多弯路，浪费了许多宝贵的时间。但无论境遇如何，巴金始终不曾忘却心中的理想，并且坚信：只要自己一直坚持，理想信念就不会抛弃自己；只要自己一心向前，理想就永远不会被磨灭，而是会永远为他指引前进的方向。

引言
永不衰竭的"青春人格"

巴金是充满大无畏精神的。青春的力量一直激励着巴金勇往直前，使他成为一个具有英雄主义气概的现代作家。这种气概不断引领着巴金奋勇向前，只要提到巴金，人们就不会忘记，正是他为无数青年人带来希望，激励他们走出家庭，走向社会，走向更高的人生巅峰，巴金也确实是这样一个不断奋进的人。在早年确立信仰时，他就主张"奋斗就是生活，人生只有前进"。为此，他笔下的人物也往往是这样的人，为祖国和人民而牺牲的志愿军将士，为理想献身的革命志士，为走出大家庭而不断反抗的人，哪一个不是充满了青春激情？他不遗余力地书写革命、书写战争、书写英雄，同时也关注在时代的洪流中挣扎奋斗的普通人。

"家"是巴金对中国现代文学的独特贡献。巴金所创作的"家"系列的故事，开创了中国现代文学"家"题材的独特范式。巴金的很多创作都是从大家庭的视角来反思中国社会的，家庭亲情伦理关系所带来的一系列问题以及家庭传统背后所折射出的种种社会文化现象，构成了巴金文学创作中一个相当重要的侧面，甚至成为一个文学母题，启迪着人们多方面的思考。作为20世纪中国文学的良心，巴金用他一生的文学创作，为中国现代文学留下了丰厚的精神财富。他的文字见证着时代社会和文学发展走过的道路，他的思考记录着一个世纪以来中国知识分子的精神朝圣历程。巴金的一生都在控诉、在批

判、在反思，他为自由而呐喊、为人性而忏悔，从"我控诉"到"讲真话"，他的文学密码始终都离不开一个"真"字。巴金用自己激情澎湃的文字，自觉承担起了文学的历史使命，他作品中氤氲着的那种永不衰竭的青春气息，直到今天都激人奋进。巴金的创作实现了文学与人生的高度重合，从某种程度上说，巴金已经成为20世纪中国青春精神的重要象征，具有重要的思想意义。巴金从不曾离去，巴金的青春激情和对"家"的反思也从不曾离去。

第一章 家族、家庭、家事

导读

家,是一个无比温暖的词。人的一生中,最能令人放松并且勾起回忆的地方一定是家。家中的人,家中的事,在无形中已经融入人的血脉,成为一个人精神人格的重要组成部分。巴金是一个走出大家庭,却又始终不断回望"家"的人。家族、家庭与家事,构成了巴金创作的源泉。本章将带你一同探寻巴金的"家"。

第一章
家族、家庭、家事

对于作家而言，家族、家庭与家事无疑为其创作提供了丰富的素材和养分。作为传统文化中根深蒂固的一部分，家族文化一直是影响作家价值观念和文学创作的关键因素。了解了作家的家庭出身和童年经历，便掌握开启其精神世界的钥匙。

第一章
家族、家庭、家事

老家旧宅

1904年11月25日正午时分，位于四川成都的一个封建官僚家庭中响起了一声嘹亮的哭喊，"尧"字辈又添了一个健康活泼的男孩，家人给他取了一个富有寓意的名字——李尧棠，乳名升麟，字芾甘。这个名字来源于《诗经》中的《召南·甘棠》篇，原文为"蔽芾甘棠，勿翦勿伐，召伯所茇"，意思是说，请不要砍掉这棵小小的棠梨树呀，它曾是召伯南巡时休息的地方。周代的召伯是一位有名的政治家、军事家，受封于燕，他勤政爱民，治理有方，很受百姓们拥戴。在他去世后，人们因为怀念他，连他休息过的地方都不忍破坏掉，于是告诫后人要好好保护这棵树，永远感念召伯，这就是被传为美谈的"甘棠遗爱"。家人给这个男孩取的名和字中，分别有"棠"和"甘"两个字，足见家人对这个孩子所寄寓的美好祝福和期待，希望他能像召伯一样为人仁爱正直，将来建功立业、千古流芳。这个刚出生的男孩就是巴金。

巴金出身大家庭，李家是当地有名的大户人家，最开始世

居浙江嘉兴，祖辈中有不少人都在朝廷中当过差，在巴金的高祖一代时举家搬迁到四川。到了巴金祖父的时代，这个家族才开始辉煌起来，到了巴金这一代已经是第五代，正是最繁荣的时候，家里兄弟姐妹众多，叔叔伯伯等长辈近20个，连仆人都有四五十个。根据巴金的描述，他的祖父是个能干的人。曾祖死后，祖父担任官员多年，于1897年戊戌政变前告老还乡，买下了这座位于成都正通顺街98号的宅院。自古以来，中国人宅邸园林的建设都很讲究，深受传统文化浸染的中国人在居家设计上也要体现礼和序，尤其家宅的选择，既要合乎风水之道，又要体现出家风。巴金的家是一座兼具南北方民居风格的砖木平房建筑，呈四合院结构，坐北朝南，五进三重堂，是典型的深宅大院，总占地面积达3 000余平方米，南北纵深77米，东西方向宽约40米，大门是中西合璧式的木结构门楼式建筑，位于整个宅子的中线东侧，两边的石狮子栩栩如生，左右门神都是用鎏金沥粉线条绘制的，很有气势。进了大门，整个建筑包含大厅、门洞、照壁、连廊、堂屋、天井、花园、竹林、桂堂、花厅、厢房、拱桥等，院墙为青砖所砌，院内建筑亭廊相间，错落有致，布局精巧，流水潺潺，古色古香，东侧还带有一个2 000余平方米的私人花园，相当气派。在距大门不到20米的地方，有一口从古代流传下来的双眼古井，造型别致。五进的院落里，相对独立的五个空间令整座宅子显得秩序分明，

第一章
家族、家庭、家事

主人归家时,要依次经过不同的空间——显赫精美的大门、前庭大院、花园、入户大厅等,才能进到屋里。郁郁葱葱的树木盆景,处处透露出礼序大宅的威仪与品位,东方对称式的建造手法,衬托着主人诗书传家的方正不阿。西面和北面的邻居张公馆和孙公馆也是高门大户,这样的环境自然要比寻常人家多了几许威严和肃穆。庭院深深,看不清里面的光景,令人望而生畏。

这是一个典型的旧式官僚地主大家庭。祖父是个不苟言笑的封建大家长式的人物,他一生娶了两房姨太太,生了六个孩子,可谓子孙满堂。巴金的父亲李道河是这个大家庭中的长子。在这座大宅院里,巴金一待就是17年,除了父亲在广元县衙任职的那两年,一直到19岁去南京求学,才离开李府。日后很长一段时间里,巴金尽管身在异乡,但这座老屋里的几十个人并没有在他的生命中远去,而是连同老屋旧宅一起在他的心里深深地扎下了根。老家和老宅,是巴金一生的牵挂,他多部作品的背景和情节都脱胎于当年的李府,童年记忆也成了巴金永不衰竭的艺术源泉。巴金的名作《家》便是取材于幼时的老家记忆。在大家庭中的所见所感,汇成了巴金日后源源不断的创作素材,记忆中的那些场面,在巴金的脑海中凝结成了清晰的场景,那些他爱过或者恨过的人,也化成了小说中一个个经典的形象。写《家》的过程,也是一个重新回忆过去的过程,

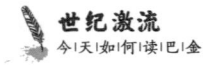

巴金挖开自己记忆的坟墓，和书中的人物一起重新经历命运的挣扎。自1923年告别家乡之后，巴金一生中只回去过五次。沧海桑田，人世变换。曾经的老宅早已经易主，挚爱的亲人也都已经不在。物是人非的感觉令人万分伤感，巴金久久徘徊在老宅的围墙外，试图找寻熟悉的印记，重温童年的美梦。每一次返乡都让巴金感慨万分，给他深深的震撼。

1941年春节，离家18年的巴金第一次返乡，他怀着激动的心情在熟悉的老宅外走来走去，老宅还是和以前一样巍峨大气，大门的照壁上，"长宜子孙"四个大字赫然在目、分外显眼，熟悉的街道、熟悉的地点、熟悉的场景，然而宅子里的人早已经不是巴金熟悉的人。据说，当时担任成都保安处处长的刘兆藜住在这里，门墙上"藜阁"两个大字深深敲击着巴金的心。这一次回家，巴金在家里停留了将近两个月，与多年未见的叔叔、嫂嫂及侄子们团聚，并且拍照留念。

1987年，巴金最后一次回成都老家。这一年，巴金83岁，已经是白发苍苍的老人了。在女儿、女婿、侄子以及旧友沙汀、艾芜、马识途的陪同下，他坐着轮椅来到正通顺街，想寻觅幼时的李宅。但遗憾的是，故居的老宅早已淹没在历史的风尘中，无处可寻。原来，他故居的房子早在20世纪50年代就被拆除，改成了文工团宿舍。在新建筑林立的庭院里，巴金坐在轮椅上，急切地环顾四周，但一切都不是原来的样子了！只

第一章
家族、家庭、家事

有门前一棵熟悉的桂花树傲然挺立,仿佛在等待着老主人的到来。残存下来的还有那口古老的双眼井,那是巴金童年时非常熟悉的地方。只要有双眼井在,童年就尚有来处。在众人的搀扶下,巴金颤颤巍巍地来到双眼井前,激动之情难以言表。对巴金来说,故乡和童年都已经回不去了!离家几十年来,乡音无改,但是老家的"根"已经无处寻觅了。面对门前的桂花树,巴金的心情久久不能平静。这棵桂花树经历了几个世纪的风风雨雨,见证了一个家族的兴衰荣辱和分崩离析,在与桂花树的对望中,巴金沉浸在过去的记忆中。他沉默良久,心头无限的情感化作千言万语,却又不知从何讲起。这棵桂花树,勾连起巴金与以往的记忆。

说到巴金出生的家,不少读者都十分好奇,试图恢复其原貌。许多巴金研究者也怀着极大的兴趣来到位于成都北门的正通顺街,结合当年的记载,试图寻找巴金当年驻足的地方,寻觅巴金作品中"家"的蛛丝马迹。然而令人遗憾的是,当年的李公馆在经历了百年的风风雨雨之后,早已繁华不再,内外格局和景观也发生了很大的变化。今天,巴金笔下"家"的原型早已不可寻,读者只能从文学作品中领略它当年的风采,从巴金《家》中的高公馆、《憩园》里杨公馆的文字描述中,读者还能依稀寻觅到巴金当年身处的老家旧宅的影子。巴金也多次承认,他笔下的大多数家庭的故事都来源于自己童年的经历,

世纪激流
今|天|如|何|读|巴|金

大家庭中的人和事，在他的生命中留下了深深的印记，直到晚年仍旧不能忘怀。巴金在《怀念二叔》《我的老家》等许多作品中都曾描绘过"家"的原貌，足见其对故土的眷恋之深。

成都市曾想在巴金故居的原址上重建一座文化纪念馆，但巴金一生俭朴自持，不想花人民的钱来为自己办事，生前多次拒绝恢复故居，后来也就作罢。或许在巴金的心中，故居虽然承载了童年的回忆，也见证了一个家族的兴衰，但更为重要的是，故居中的人不是原来的样子了，重新恢复故居也只是徒增伤感。故居存在于他的文字中、他的记忆中，这已然足够。20世纪80年代，在位于成都西郊的百花潭公园里，人们依据巴金的《家》中对高公馆的描述，打造了一处坐西南朝东北的园林式院落，其建筑风格颇具川西民居特色，古色古香，既有古典风韵，又有乡土气息，取名为"慧园"。慧园的门上有这样一副楹联，"巴山蜀水地灵人杰称觉慧，金相玉质天宝物华造雅园"，是蜀中作家马识途所题写。慧园与浣花溪相邻，园内花卉盆景遍布，花草争奇斗艳，树木繁茂，遮天蔽日，杨柳竹柏郁郁葱葱，亭台楼阁各具特色，假山形态各异，池塘沟渠流水潺潺。在这处占地3 000多平方米的纪念地中漫步，似能依稀感受到高家花园的典雅气韵。

在20世纪初期，像巴金家这样的"公馆"在成都为数并不少。它们的主人要么是朝廷官员，要么是附近地区的地主乡绅。这些家庭大多是封建性质的大家族，繁荣宅邸的内部，其实是一个封建壁垒般的小社会，家庭结构复杂，又有着严格的等级划分和规约礼法。这些富贵人家的子弟中有不少人要么吃喝嫖赌，靠吃祖业为生，要么成天耽于享乐，维系香火，大家族各房之间表面和睦，实则钩心斗角，相互算计。随着社会结构的转型，传统封建大家庭无以维系，大多数解体了，宅子大多数被新军阀、新官僚或者商贾土豪吞并。巴金的家便是这样衰落的。

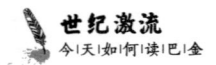

父母之爱

父母是孩子的第一任老师，出生大户人家的巴金幼年时期一直沐浴在"爱"的光泽里，父母之爱，兄弟之爱，人间之爱，都让巴金感受到温暖。他常说，自己的确是一个被人爱着的孩子。他一直认为，自己之所以日后能走上文学道路，并且一生都在书写家与爱，与父母早年的教育是分不开的，是父母之爱将他养育成人。

巴金是父母的第五个孩子，上面分别有两个哥哥和两个姐姐。尽管家里孩子众多，但是巴金的父母对每一个孩子都极其疼爱，一点儿都没有忽略过孩子们的感受。所以，巴金的童年记忆中有过一段相当快乐的时光。那个时候，家中经济条件不错，祖父也还健在，家里所有人都识文断字，几乎人人都读过《红楼梦》。家中的《红楼梦》有好几种版本，巴金父亲有一部16开的木刻本，而母亲则有一部石印的小本。后来，巴金的大哥还买过一部商务印书馆的铅印本。巴金便是成长于这样一个人人都读《红楼梦》的家庭，年幼的巴金还没到读书的年

第一章
家族、家庭、家事

纪，就常常听见人谈论《红楼梦》，书中的故事和人物早已烂熟于心。再加上巴金这个小少爷聪明伶俐，非常讨人喜欢，全家上上下下连同仆人们都很亲近他。

巴金的父母都是性情温和之人，为人宽厚包容。在大家庭中，巴金的父母不像别的少爷少奶奶那样高高在上，而是非常谦和有礼，从不摆架子，对待下人也客客气气的。父母虽是包办婚姻，但琴瑟和鸣，从不吵吵闹闹，家庭氛围也相当融洽。在巴金的印象中，父亲的脸上总是挂着慈祥的笑容，从不打骂孩子们。这些都给巴金的童年留下了美好的记忆。

巴金的父亲李道河尽管是在旧家庭成长起来的传统文人，但在孩子们的教育上一直是比较开明的，无论孩子们喜欢什么，他从不打压，总是积极鼓励。身在书香门第，李道河自己也擅长诗文，多有著述。巴金和兄弟姐妹们都受到过良好的文化教育，不论男女都能识文断字，家里的文化氛围相当浓郁。而且，李道河也并不反对新式学堂，甚至说服严厉又保守的祖父，为巴金的两个哥哥争取到去中学读书的机会。此外，李道河也常常鼓励孩子们其他方面的发展，无论孩子们有什么爱好，他从不干涉。巴金爱好广泛，便是得益于幼年时父亲的支持。父亲当时是一方父母官，在川北的广元担任知县，空旷的衙门常常是巴金玩耍的好去处。他喜欢各种小动物，衙门里养的鸡中不少都曾经是巴金的"手下小兵"。巴金常常和丫鬟香

儿一起，早上把鸡群放出鸡笼，把米撒在地上让小鸡争抢着啄食，晚上再把它们如数带回。为了防止丢失，巴金还常常一个个给鸡点名，仿佛每一只鸡都是他的兵，俨然像个威风八面的"鸡司令"。父亲倒不觉得胡闹，任由巴金过足了瘾。

李道河是个京戏迷，常常带巴金去戏园子看戏，当时成都有名的可园，巴金和父亲是那里的常客。由于父亲是股东，他们每次去都坐固定的包厢，省去了换票的麻烦。年幼的巴金经常坐在父亲的身边陪他一起看戏，父亲也很乐意。每到精彩处，巴金常常高兴得拍手叫好，父亲从不责备他，不仅会给巴金讲解剧中的故事和人物，还会积极鼓励巴金自己探索。在父亲的引导下，巴金学到了很多戏曲知识，知道了京剧和川剧的区别，以至于有一段时间，巴金痴迷于看戏，每天都要下人陪着去看一次。李道河在当地算是有头有脸的人物，加上爱看戏，当时成都不少戏园子聘请新的名角时，总会让他主持仪式。在此之前，他还常常把名角请到家里来招待。因此，巴金小时候有很多机会接触到这些名角，在后台看他们化妆，在客厅听他们清唱。可以说，巴金最开始的戏剧启蒙老师便是父亲。

对于孩子们对戏剧的喜爱，李道河显示出了作为父亲的深沉的爱。巴金这一辈正是李家人丁兴旺的时候，家里各房的孩子都在一起玩耍，热闹非凡。那会儿，痴迷戏剧的巴金还和

第一章
家族、家庭、家事

三哥等人组织了一个新剧团,家里桂堂后面的空地便是他们表演的"戏台"。孩子们将剧团搞得有声有色,清一色的男孩子组成了剧团的"核心",他们不仅自己找场地、写剧本、搞排练,演出一些自己编排的剧目,还把家里的女孩子都找来当观众,表姐、堂姐们都被拉过来充数。为了显得比较"正式",他们甚至自己印"戏票",一群小孩子七手八脚地用家里的复写纸印了一大堆戏票。他们想尽办法把这些戏票分发给家里人,并且叮嘱他们一定要来捧场,甚至一定要人家看完戏才能离开。家里的老老少少都收到过孩子们的"热情"邀请。演出的剧本是当时比较年长的几个哥哥编的,巴金的三哥、表哥和六叔是"台柱子",而年龄较小的巴金只能充当配角,干点跑龙套的活儿。由于经常陪着父亲看武戏,巴金和哥哥们还喜欢在家里学着武生的样子翻跟头,在哥哥们表演完之后,作为配角的巴金有时候也会表演一小段翻跟头助助兴。尽管孩子们的剧本写得天马行空,乱七八糟,很不成熟,但得到了巴金父亲的称赞,每次来看戏,他总是特别认真地看到最后,神情投入。为了鼓励他们,李道河还亲自动手,帮助他们编写了一个名为《知县现形记》的剧本,让孩子们自己排演,巴金的二哥、三哥担任其中的主角。演出的时候,看着孩子们在台上演得像模像样,李道河也情不自禁跟着开心地笑了起来。

巴金的母亲则给予了巴金无微不至的照顾,并且教会他要爱一切人。母亲陈淑芬是大户人家的小姐，作为李家的长房儿媳，其一言一行都备受关注，稍有不慎就会落人话柄。她性格温柔，为人善良，脸上常挂着微笑，给人一种如沐春风的感觉，不自觉想要跟她亲近。在母亲的怀里，巴金可以尽情撒娇，尽情欢笑，即便是调皮捣蛋和哥哥们撒泼打闹，耍点无赖，母亲也不会斥责他，只是微微皱一下眉头。每当看见母亲皱眉，巴金就知道要和哥哥们和好。由于巴金的生日和母亲是同一天，所以母亲将他视作送子娘娘的馈赠，对巴金格外宠爱，尽管巴金分外调皮，但在母亲眼里，竟又增添了几分可爱。

母亲知书达理，是巴金兄弟姐妹共同的"先生"。母亲用白纸给孩子们一人订了一本小册子，每天都会亲手在上面抄一首《白香词谱》中的词。母亲的字迹娟秀漂亮、工工整整，这样的"课本"是孩子们童年珍贵的启蒙书。每到晚上，孩子们聚在母亲身边，围在方桌上的青油灯下，跟着母亲一个字一个字地读小册子上面的词。年龄较小的巴金也跟着哥哥姐姐们兴奋地读起来，他一遍一遍跟读着，直到能把每一个字连起来。那会儿的他虽然还不明白词的意思，但从母亲的朗读中慢慢开始感受到了作者的心绪，似乎和写词的人产生了遥远的共鸣。一个字，一首词，母亲的声音轻柔舒缓、声情并茂、分外好听，孩子们听着听着，仿佛也被带入诗词所描绘的美好境界

第一章
家族、家庭、家事

中。当时还不懂诗词的巴金，总是沉浸在母亲的朗读声中，享受着诗词的美。是母亲，让孩子们第一次感受到诗词的韵律。每次读完一首词，母亲就会拿出那盒用牛骨做成的印模和印泥，让孩子们把读过的词圈起来。第二天，再一并温习，这样一遍一遍，直到能够将这首词背出来。和兄弟姐妹们一起围在母亲身边读书的时光温馨又美好，母亲温柔的声音令巴金终生难忘。

母亲对待其他人同样温柔，就连家里的下人，母亲也照拂有加，从不横加责骂。母亲总告诉孩子们，下人也是人生父母养的，也会疼会痛，要善待他们，即便他们犯了错，好好指出来就是了，不许打骂他们。当时，家里的很多丫头老妈子都受到过母亲的庇护。有一次，三哥打骂了小丫头香儿，香儿告诉了母亲，母亲把三哥叫来，严肃地教育了一番，叮嘱他以后不可以随便给下人脸色，并且让三哥保证不会再犯。当时巴金也在一旁，清清楚楚地记得三哥被训的场景。在巴金的印象中，母亲发脾气的次数屈指可数，唯一一次和下人发火，是因为当时巴金的妹妹正在出痘子，乳母是不能吃发物的，但她嘴馋偷吃了酸黄瓜。母亲发现之后很生气，叫来父亲严厉地责罚了乳母，并且打发走了乳母，母亲后来为此事很是后悔。谦逊待人，心存善念，是母亲给孩子们上的一堂重要的课。正因着母亲的善良宽厚，下人们也都发自内心地敬重她，伺候起少爷小

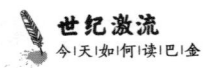

姐们来也分外尽心。正是在这样充满爱的环境里，巴金健康地成长了起来。

母亲这种宽容厚道的泛爱精神在巴金的心里埋下了一颗种子，母亲的善良给巴金留下了深刻的印象，在他的成长道路上，母亲是重要的"先生"。是母亲，教会他要善待周围的人，要爱一切人，无论他们贫穷还是富贵，都要真诚相待，并且努力去帮助那些在困境中挣扎的人。心存善念，才能心怀坦荡。母亲是巴金童年世界的中心：是母亲，让巴金明白了为人处世的道理；是母亲，让巴金体会了"爱"的意义；是母亲，让巴金感受到了人间的温暖与纯真；是母亲，让巴金知道了爱与被爱同样幸福；是母亲，让巴金领悟了理解他人是多么重要；是母亲，让巴金懂得了同情他人是一种高贵的品质；是母亲，让巴金看到了这个世界上还有那么多需要同情和帮助的人；是母亲，让巴金有更多的勇气和信心去探索生活的美好。在他的眼里，一切都是那么可爱有灵性，花瓣上晶莹剔透的露珠，黑夜中撒下迷人月光的星空，树梢上叽叽喳喳的小鸟，都是大自然无私的馈赠。在母亲的引导下，巴金观察世界的眼光带有了更多的理解与悲悯，也开始慢慢懂得思考爱与平等的意义。那时候，李公馆便是巴金全部的世界，在那里，他看到了太多轿夫、丫头、老妈子的故事，他学会了爱周围所有人，连同一切生物。他愿意为每张哭泣的脸庞擦干泪水，更希望看见每个人的嘴边常挂笑容。

在父母的呵护下，巴金无忧无虑地成长起来。然而，好景不长，母亲的去世让幼小的巴金感受到了巨大的恐惧与悲痛。他亲眼看着母亲被封在棺材里，像往常一样呼唤着"妈"这个亲爱的字，却再也没有人应答了，墙上挂着的遗像再也不像以前母亲温柔的目光那样生动，死亡第一次在他的心上投下了阴影。

棠棣情深

生活在大家庭中的巴金兄弟姐妹众多,但由于战乱、瘟疫、家庭变故等原因,兄弟姐妹中长大成人的并不多。跟巴金一起长大的是两个一母同胞的哥哥,大哥叫李尧枚,是长房长孙,在家族中排行老大,三哥叫李尧林,在家族中排行老三,三兄弟之间感情很好。两个哥哥对巴金的成长帮助很大,巴金一直心怀感恩。三兄弟都互相想着彼此、念着彼此,生活上互相照顾。巴金常说,他爱得最深的人是大哥,对他关心最多的人是三哥,两个哥哥是他一生中最放不下的人。巴金一生中多次写过怀念两位哥哥的文章,但仍遗憾于没有多留下一些文章,让人们都看一看他有两个多么好的哥哥,让哥哥们的才华、人格和学识被更多的人记住。直到晚年,巴金在和侄子李致通电话时,说起哥哥还几次失声痛哭,足见棠棣情深。

大哥作为家族继承人,自出生起就备受宠爱,他比巴金年长七岁,受过良好的教育,文武双全,聪慧过人。上学期间,他的成绩一直名列前茅,喜欢读外国小说,很受老师们喜欢。大哥一直对化学很感兴趣,希望毕业以后能够到大城市的名校读书,甚至还想去德国留学。然而现实是残酷的,中学毕业后还没几天,胸怀远大理想的他就被家里召了回去。按照家族规矩,父亲给他安排了婚事,希望他早日继承家业,为家族开枝散叶。父亲选择儿媳的方式非常传统,因为当时上门说亲的媒人很多,父亲认为可以考虑的有两家,但一时不知道如何选择,就把两家的姓写在红纸上揉成团,到祖宗的牌位前祷告一番,随后抓了一个纸团,上面写着"张"。就这样,张家的姑娘成了巴金的大嫂。尽管当时大哥有心仪的姑娘,但是迫于家族压力,只得将这份感情埋在心里,另娶他人。迎娶回李家长媳的大哥总算是完成了家族的一项重大任务,尽管并非他本意,但好在父亲给选的媳妇是一个温柔可人的姑娘,不仅年轻漂亮,知书达理,还会作诗和画画。这倒是出乎李尧枚的预料,看到家人们都很满意,大哥苦涩的心中感到一丝欣慰。婚后的他有过短暂的兴奋和快乐,"他的脸上常带笑容,他整天躲在房里陪伴他的新娘"[1],但这样的温馨仅仅持续了两三个月。没过多久,由于家里经济状况大不如前,作为长子的大哥不得不担起了养家糊口的重任。理想破灭的大哥难过地哭了一场,曾经的豪言壮语、理想规划都不可能实现了。就这样,还

---

[1] 巴金. 做大哥的人 // 巴金自传. 南京:江苏文艺出版社,1995:69.

1923年春，巴金一家合影
后排从右至左依次为巴金、三哥、大哥

不满20岁的大哥在成都商业场股份有限公司谋到了一份差事，成了一名普通职员，靠着每月24元的工资补贴家用。

然而，命运之神并没有眷顾这个家族。一年以后，巴金的父亲突然离世，这对这个摇摇欲坠的家庭来说无异于雪上加霜。一大家子人等着养活，各房之间大大小小的琐事都需要操持料理。尽管作为长房，巴金的大哥继承了不少良田房产，但也同时面临着各房对他的嫉妒，到处受气。生性软弱的大哥处处忍让，想息事宁人，换来的却是一次又一次的冲突。祖父死后，整个家族再一次面临着分崩离析的命运，大哥作为"承重孙"，几乎成了众矢之的，他如履薄冰，日子过得相当沉闷，脸上再也不像以往那样常常挂着笑容了。

五四运动的大潮波及祖国大江南北，就连闭塞的天府之国也迎来了新思潮的春风，李家的年轻一代都受到了新思潮的洗

第一章
家族、家庭、家事

礼,就连大哥也被新思想鼓舞,有过一段时间的兴奋期。他开始有计划地购买书籍,诸如《新青年》《每周评论》等宣传新思想的新式刊物也在他的购置范围内,此外,他还在成都"华阳书报流通处"存放了专门的购书基金,以方便随时买书。他经常抱着一大摞书回家,引导弟弟妹妹们读书,还不时加入他们的讨论中,可以说,在对弟弟妹妹们的启蒙中,大哥发挥了重要作用。不过,由于长期担任封建大家庭的"掌门人",巴金的大哥已经不再像读书时那么自由自在了,生活的重担过早地压在这个年轻人身上,迫使他看待和处理问题时总是瞻前顾后,处处以家族利益为重。与不少激进青年不同,巴金的大哥生性温和,因此不怎么赞成激进的变革。相反,对刘半农的"作揖主义",他非常欣赏;对托尔斯泰的"无抵抗主义",他深表赞同。只有在和同辈人一起读书看报的时候,他才会高谈阔论,直抒己见,俨然一个新青年。一回到旧家庭里,他就又变成了那个背负着家庭沉重十字架的暮气少爷,按部就班地遵循着旧有的礼法,用他的爱与包容维持着这个大家庭的运转。当时年少的巴金和三哥李尧林性格比较叛逆,经常挑战家族权威,做出一些反抗性举动,这时大哥总是挺身而出护着弟弟,代他们受过,赔笑,平息种种鸡毛蒜皮的争端。有一次,一个婶娘向李尧枚告状,说巴金打了她儿子的脸,非要巴金赔礼道歉。巴金自然不肯,因为他亲眼看到是婶娘自己输钱回来

气急败坏,一怒之下打了自己儿子的脸,现在又来诬告别人。左右为难的大哥知晓弟弟的禀性,只好自己代巴金赔礼认错,还受了一顿训斥。事后,大哥来到巴金的房间,和巴金谈了一两个小时,他眼含热泪,劝告弟弟不要太刚硬,要多忍让,以求息事宁人。看到哥哥的不容易,巴金也禁不住流下了眼泪,替大哥感到委屈。长期处于这样的环境中,大哥能熬过来真不容易。

祸不单行,没过几年,大哥再一次遭受重大打击。他还不到四岁的儿子染上了脑膜炎,没能抢救过来,早早夭折了。这个孩子是大哥的第一个儿子,也是祖父第一个看见了的重孙,他的出生令全家都非常高兴。对大哥来讲,年少时没有实现的梦想仿佛有了寄托,这个孩子几乎是大哥无趣的生活里唯一的光亮。原本想着孩子能够自由快乐地成长,不要像自己一样白白断送了前程,却不料事与愿违,大哥的精神支柱再一次被摧毁,他陷入了极度的悲痛之中,甚至开始神情恍惚,患上了间歇性精神病,有时会半夜一个人闯进轿子里,砸碎轿子的玻璃。"我那个时候就知道大哥的这个病是给家里人的闲言诽语和阴谋陷害逼出来的。他自己在我们离家后写给我的信里也说:'那是神经太受刺激逼而出此。'"[1]作为一家之主,巴金的大哥承

---

[1] 巴金.谈《秋》.收获,1958(3).

第一章
家族、家庭、家事

受了太多的压力，但他知道自己不能倒下，于是强忍着内心的痛苦，维系着一大家子的运转，供年幼的弟弟读书。

后来，巴金和三哥一同考入成都外国语专门学校，后来又一起走出大家庭，到上海的南洋中学及南京的东南大学附中求学，再后来，巴金单独赴法留学，这也是依靠着大哥的支持。对大哥来说，弟弟们学成后回老家，振兴家业是他所期盼的。然而，两个弟弟并没有按照大哥的意愿学工科，而是各自选择了自己喜欢的专业。三弟李尧林主攻英语，以"李林"为笔名，翻译了不少外国作品，如《战争》《悬崖》等，成了翻译家、教育家，培养出了许多优秀的学生。四弟巴金则拿起笔搞起了文学创作，在时代的激流中开创出一片属于自己的文学天地。

弟弟们离家后的那些年里，李尧枚曾想过不少办法来维系家庭开支，还开过书店，但由于时运不济和市场波动，书店经营不善，亏损严重，家里的"老本"也几乎血本无归。大哥那个时候精神状态已经糟糕到极点了，清醒的时候自觉愧对家人，留下遗书后服毒自尽。大哥本是不愿死的，他三次写了遗书，又三次撕毁了它。还有那么多的美好想去感受，还有那么多的家人需要照顾，但是自己的过失使得家人无辜受罪，他实在无法原谅自己。第四次，大哥留下一封20多页的遗书后，终于喝下毒药结束了并不快乐的一生。遗书中，他期望弟弟们能

够好好活下去，不要像他一样挣扎，他鼓励巴金继续创作，同时也希望家人对自己的尸体从重处罚，以洗脱自己的罪孽。直至生命最后一刻，大哥心头的包袱仍然没有放下。

巴金跟两位哥哥感情甚笃，他不止一次感慨自己的成就全赖哥哥们的鼎力相助，是哥哥们的隐忍成就了他日后的成绩。他早年有机会接受新思想，全是哥哥们的引领和指导；他在外求学的学费，常年来自哥哥们的支持和资助；他每一次闯祸，都有哥哥们做他的后盾；他能够无所顾忌地披荆斩棘，都是哥哥们的负重前行所成全。大哥去世后，三哥自觉挑起了养活全家的重担，一个支离破碎的家庭有上上下下的人要养活，他放弃了个人的"自由"，一生俭朴，勤奋努力，为了照顾家人牺牲了自己的幸福，终身未婚，最终积劳成疾，于1945年去世。

两位哥哥的不幸给巴金带来了一生的伤痛。大哥之于巴金，如同精神支柱一般。他对大哥有一种特殊的敬重，他恨自己没能早点写出作品，没能让大哥看到自己的成长，也恨自己没能够多体谅大哥一点。他痛恨令人窒息的封建礼教，更痛恨那埋葬了大哥一生幸福的旧家庭。三哥之于巴金，则更多是理想的领路人。当年外出到上海求学，正是三哥向大哥提议，巴金才被说动。也正是三哥将巴金领出了大家庭，让他看到了外面风云变幻的世界。毕业于燕京大学外文系的三哥，其才华并不逊色于巴金，但无奈为了家族生计过早地肩负起了家庭重担，英年早逝。巴金一生对于"家"的依恋，实际上也和哥哥们有着重要的关系。无论是书写家宅、家人还是家事，我们都能从中看出巴金内心深处难以割舍的亲情。在大家庭中经历的种种，使得巴金一生都在书写"家"，依恋"家"。

在世界作家大会上，当被问到为何要写作时，巴金不假思索

青年时代的巴金

地回答说：为了心中的爱。在巴金的一生中，亲人之爱、友人之情、家庭之爱，不仅给他的生活带来了无限的力量，也令他的文学创作在青春激情之余多了些许温厚。慈爱的父亲、温柔的母亲、疼爱自己的大哥和三哥，被真实、长久地封印在记忆里。幸福时光若能够重来该多好呀！幸福尚可追忆，伤痛却永远成了心底的伤疤。记忆中的那些人、那些事，都化作脑海里一个个挥之不去的形象，留在了巴金的心中。巴金的世界不仅是文学的世界，更是关于"家"的世界。在今天这个如此快节奏的时代，我们每一个读者可以有不同的题材喜好、不同的审美旨趣，却没有任何理由拒绝"家"的吸引，拒绝童年的召唤。童年的人、家中的事，像是有着磁铁般吸引力的魔法石，

让读者忍不住想要读下去。一个来自真诚心灵的召唤是最难以让人拒绝的,一个能够勾起人们无限怀念的声音更是充满魅力的,这就是今天仍要读巴金的首要意义。

【我来品说】

1. 你的生命中有哪些重要的人?他们是如何影响你的?

2. 说起童年,你能用一个词来概括吗?你有哪些记忆深刻的童年回忆呢?试着写下来吧。

第二章 穿越世纪激流的《家》

> **导读**
>
> "家"是与巴金一生创作密切相关的意象,甚至可以说是巴金独创的意象。前面我们介绍了巴金生活中自己的"家",本章我们将走进巴金作品中"家"的艺术世界。

第二章
穿越世纪激流的《家》

家,一个再普通不过的字,却承载着人们千万种难以诉说的情感。家,是心灵的避风港,是灵魂的栖息地,是内心最坚实的依靠。然而,家也可能是埋葬幸福生活的坟墓,是囚禁自由灵魂的牢笼。《家》这部小说仅以"家"独字命名,足以看出巴金对"家"的重视。小说中的悲剧,既是那个风云激荡的年代的必然产物,也是身处封建旧社会中的人们的宿命。"命"与"运"、"家"与"国",在小说中作为两条暗含的主线交织错落,本属于"激流"的国运,毫无悬念地荡涤着每个家庭的命运,每个家庭的命运,也将不可避免地影响着国运。在这部穿越世纪激流的小说中,"家乃小国,国乃大家"得到了淋漓尽致的展现,巴金写作背后的深意,也被愈发清晰地呈现出来。

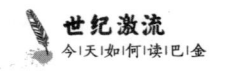

《家》为谁而写？

　　巴金在《呈献给一个人》的开篇写道："大前年冬天我曾经写信告诉你，我打算为你写一部长篇小说，可是我有种种的顾虑。"① 这部长篇小说便是后来家喻户晓的《家》，那么，巴金是打算为谁写《家》的呢？他又为什么要写《家》呢？我们在巴金的《创作回忆录》中找到了他的创作动机。在《关于〈激流〉》这篇文章中，巴金说他要为自己的大哥、为那些被封建旧制度摧残的兄弟姐妹们写一部小说，他要为自己、为同时代的年轻人们控诉和申冤。由此可以看出，巴金的《家》，是为了大哥、为了控诉旧制度而写的。了解巴金的读者，无不为巴金与大哥之间的手足深情所深深感动，巴金在写作中曾深情而直白地表达过，大哥是他一生爱得最多的人。

　　大哥是巴金创作《家》的动机，更是动力。《家》初拟名为《春梦》，巴金曾说《春梦》这部小说，主要是写一个谨慎

---

① 巴金. 呈献给一个人（初版代序）// 家. 3 版. 北京：人民文学出版社，2018：403.

第二章
穿越世纪激流的《家》

胆小的人不断遭遇不幸，最终走向毁灭，这便是巴金后来创作的"激流三部曲"（即《家》《秋》《春》）中高家大哥觉新的人生际遇。早在1928年11月，巴金在从法国回国的邮轮上，便产生了创作《春梦》的想法，打算将自己家的一些事情写进小说。1929年7月，巴金和大哥在上海团聚，二人相谈许久。与大哥的谈话，不仅唤起了巴金的回忆，也让巴金对家里的事情，无论是以前的还是现在的，都有了更多的了解。同时，巴金还知道了六年以来家里和大哥的处境都非常不好，大哥处处忍耐、苦苦支撑着整个家庭，负责照顾继母、妻儿等一家老小，同时还帮助两个弟弟在外求学，大哥如同父亲一般，是弟弟们金钱上和思想上的后盾。这次时隔六年的兄弟相谈，深深地触动了巴金心中对于"家"的情感，激发了他想要写一部关于"家"、关于大哥的作品的冲动。1929年冬天，巴金给大哥写信，告诉大哥自己打算为他写一部长篇小说，也表达了内心的许多担忧。1930年农历三月初四，虽然此时大哥的精神和身体状况都不太好，但他仍给巴金回信，对巴金的创作想法表示十分赞同，鼓励巴金大胆创作，并且十分赞同巴金以自家历史为对象进行创作。在大哥看来，自家的历史很值得书写，也可以代表当时大多数大家族的历史。他告诉巴金，自己也一直想写一本书，无奈怎么都写不出来，知道了巴金想写，内心无比欢喜。他还鼓励巴金不要害怕，顾虑太多就写不出来好的作品了。在这封信中，

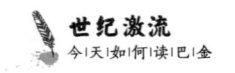

大哥嘱咐巴金要早起、喝热牛奶，同时深切地表达了自己盼望早日读到巴金的作品。此外，在这封信中，大哥也诉说了自己精神委顿、内心痛苦的状况。

读完大哥的信，巴金备受鼓舞，更加坚定了要把《春梦》写出来的决心。巴金表示自己有了勇气与信心，他满怀激情，觉得自己19年的生活中有很多的爱与恨要说，有很多感情要写出来，他迫不及待地要把过去不曾说出来的话全部写出来，他想让大哥看到自己生活在什么样的环境里，想让大哥选择新的道路。

1931年，距离大哥给巴金回信鼓励他写作已经过去一年多了，巴金还没有开始动笔。后来，在报馆的要求下，巴金开始投入创作。这部小说后来在登报的时候改名为《激流》，这便是后来的《家》。然而出乎巴金意料的是，他的小说刚刚见报，第二天就收到了大哥自杀的电报。大哥自杀的噩耗深深地刺痛了巴金的神经。他无比懊恼，自己创作得太迟了，写作得太慢了，没能够让大哥读到自己的小说。他十分自责，如果自己早一些把小说写出来，就可以让大哥看清楚继续往前走便是深渊，大哥就有可能选择走新的道路。他懊悔自己不曾多多关心大哥的心理情况，如果好好劝告大哥，或许也可以帮助大哥避免走向深渊，然而，一切都太迟了！1932年4月，巴金在《呈献给一个人》中写道：倘使大哥能够活过来，读到自己的小

第二章 穿越世纪激流的《家》

说,或者看到大哥死后他爱的那些人的遭遇,或许会觉悟吧,或许会选择一条新的路。但这都是巴金的假设,大哥已经离开了。"但是如今太迟了,你的骨头已经腐烂了。"[①]多年以后,巴金对于大哥没能读到自己的小说仍然懊悔不已。因为按照巴金对大哥性格的了解,以及大哥所经历的生活,他是可以预料到大哥的自杀的,然而,他却没有来得及挽救大哥,这便成了巴金一生的遗憾。

虽然巴金对大哥的自杀感到万分痛苦,但是大哥的自杀在很大程度上改变了巴金的创作想法。在惊闻大哥自杀噩耗的那天晚上,巴金彻夜未眠,在失去大哥的悲痛中,他更加冷静和理智了,更加坚定了要完成这部作品的决心,一直在思考着作品的人物。可以说大哥的自杀对"激流三部曲"的人物安排、思想主旨的确定以及故事的发展产生了巨大的影响。巴金非常了解大哥,知道大哥的自杀,直接原因是自身性格的懦弱,深层原因则是封建社会、封建家庭对他的摧残。于是,他更加明确自己小说中的人物安排和思想主旨——他要把自己的感情、自己的爱憎、自己想对大哥说的话全部写到小说中去。巴金不止一次说过,大哥是不愿意轻生的,大哥曾三次写了遗书,又三次毁了它,大哥还是留恋生活的。巴金认为,大哥做了一个

[①] 巴金. 呈献给一个人(初版代序)// 家. 3版. 北京:人民文学出版社,2018:404.

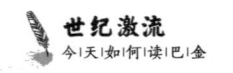

完全不必要的牺牲品,他是封建旧制度、封建教条、封建旧家庭的牺牲品,他的个人悲剧揭示出封建社会"吃人"的本质及其对年轻生命的摧残。巴金表示要用大哥送他的笔继续写作,在披露和控诉封建制度的路上一直前进。

1933年,巴金以《做大哥的人》作为题目,写了大哥的故事以及自己对大哥满满的爱与怀念。他在文中一方面懊悔自己不曾重视大哥说过想要自杀的话,另一方面再一次直接对旧礼教、旧思想进行了控诉,指出大哥的一生被腐朽的封建思想和旧家庭给困住了,一直都无法挣脱束缚走出来,认为是封建旧制度杀死了大哥。想到大哥悲惨的一生——他一直懦弱隐忍,努力生活,最终不得不选择自杀走向了毁灭的一天,回忆起大哥为自己做过的一切,再想到自己失去了一个最爱自己的人,巴金心中不禁充满了悲痛。

《家》的诞生离不开大哥的支持,而大哥的自杀,对巴金小说的创作又产生了巨大的影响。他懊悔没让大哥读到自己的小说,决定把自己对大哥的感情全部写到小说中去。于是,以大哥为原型的觉新成为整个故事的主要人物,从《家》到《春》,再到《秋》,整个"激流三部曲"都把笔锋直指封建旧家庭、害人旧教条、荒唐的旧家长、腐朽的旧制度。通过人物悲剧,深刻地揭示了封建社会"吃人"的本质。

从《春梦》到《激流》,再到后来的《家》《春》《秋》

三部曲，"家"的故事已经从"为大哥而写"逐渐升华到了"为社会而写"，从"呈献给一个人"发展为"呈献给一个时代"。时代的激流一直动荡着，不曾停止过，而且也不会停止，新生的力量是巨大的，没有什么可以阻挡它。巴金认为，过去并不是一个沉默的哑子，它会告诉人们一些事情。他认为自己要做的就是把那长达十多年的画卷展开给读者看，让所有人都看到"家"中的悲剧，让所有人都痛恨"吃人"的封建旧家庭和封建旧制度。

关于"家"字的由来

"家"在六书中属于形声兼会意。所谓会意字，是指由两个及两个以上的独体汉字，根据各自的含义所组合成的一个新汉字。"家"在甲骨文中由"宀""豕"两个部分组成。古人用乔木撑起屋顶用来遮风避雨，野猪到处乱跑，跑进了屋里，便有了家。不过，要想让家庭幸福美满，还需要仰仗屋檐下那位持家有道的女性，有女主人在家里织作守候，男主人才能在外耕作立业，养家糊口。一个家，既要有物质基础，也要有精神保障。寒来暑往，日复一日，一个又一个家构成了人类社会，一代又一代人创造了历史，在岁月的长河中不断繁衍生息。屋梁坚固，才能遮风挡雨；家庭关系和睦，才能让人心定神安。

不管是具象的屋梁、墙壁，还是抽象的精神，都是"家"字上的第一点，是支撑整个家的脊梁，如果这关键一点倾颓，家则成豕，所有的物质与精神也将瞬间崩塌。

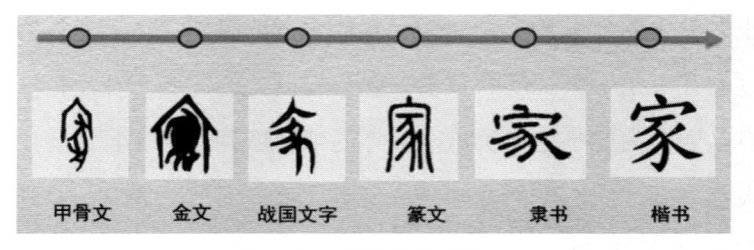

"家"字的演变历程

"家"中的故事与人物

巴金以自己的经历、自家的故事为蓝本,以大哥为人物原型,先后创作了《家》《春》《秋》,描写了在五四运动那个风起云涌的时代,封建旧家庭高家几代人的生活。故事讲述了封建旧家庭走向衰败、分化、没落,以及年青一代或者妥协于封建旧教条走向死亡,或者冲破封建束缚获得自由的过程,向读者呈现了封建旧家庭制度的崩塌;同时,书写了新一代青年的觉醒,展现了他们通过抗争获得自由,最终走向新生活的历程。

由《家》《春》《秋》组成的"激流三部曲",共同讲述了20世纪20年代发生在四川成都高家的故事。高家从外面看起来是书香门第,诗礼传家,然而内在已腐败不堪,充满了龌龊无耻,在历史的车轮前摇摇欲坠。如落日余晖般衰败凋敝的封建旧家庭,是如何摧毁了一个个鲜活无辜的年轻生命的,而那些清醒地认识到旧制度"吃人"本质的年轻人,又是如何离家出走寻求新生活的,巴金的三部长篇巨制如同一幅浩瀚的历史

世纪激流
今天如何读巴金

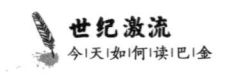

画卷，饱含激情地为我们揭示出答案。

高家故事的构思源于巴金打算为大哥写一部长篇小说的想法。故事中的人物，特别是以巴金的大哥为原型的高觉新，凝聚着巴金内心深处的感情，而故事情节则是巴金在坚实的生活基础上进行的艺术创造和加工。巴金在为《激流》作序时说过，自己与其他人一样，也参与了征服生活的搏斗，他有自己的恨，有自己的欢乐，也有自己的痛苦。巴金在这部倾注了青春热血与生命情感的长篇著作里究竟描写了哪些人物，那股动荡着的、奔腾着的激流讲述了一个什么样的故事呢？让我们跟随巴金，一起走进这幅呈现高家生活的巨幅画卷。

故事的开端是一个风雪交加的冬夜，二哥觉民和三弟觉慧从学校回家。晚饭后，觉民告诉表妹琴自己所在的学堂明年要招收女学生。琴特别高兴，她要觉民帮忙补习功课，准备参加明年的考试。琴表妹开朗漂亮，可以自由地读书、追求自己的前途，与隔壁沉迷打牌的太太们以及年龄相仿命运却截然不同的鸣凤形成了鲜明的对比。在看似风光的高家大院内，同时存在着年轻一代与年长一代截然不同的生活方式。高家的故事将如何继续？在那个动荡的年代里，故事中的人物将做出什么样的选择？他们的命运又将会如何呢？

高觉新是高家的长房长孙，自幼聪颖，富有上进心，曾受过新思想的熏陶，但是性格懦弱——他痛恨旧势力，又拿"无

第二章
穿越世纪激流的《家》

抵抗主义"来麻醉自己;他真心希望护佑弟弟妹妹幸福,又时时刻刻担心他们言行出轨。他的思想和行动总是充满了矛盾。面对大家族的封建礼教,他几乎不曾反抗;面对长辈和旧教条的荒唐之处,他选择忍受,任人摆布。在父亲亡故后,身为长子的他自觉接过父亲的责任,照顾起长房的一家老小,一个家庭上上下下的事务全压在他的肩上。性格上的隐忍懦弱是导致他人生悲剧的直接原因。他与梅青梅竹马、两小无猜,却不得不服从父亲的意愿娶了瑞珏为妻。后来梅回到高公馆避难,两人的相见又让他非常痛苦,不久之后,梅就因病去世了。高老太爷丧事期间,临产的瑞珏被高老太爷的陈姨太以避血光之灾为由赶到郊外生产,后因难产而死,觉新不敢反抗,未能见到她最后一面。封建礼教血淋淋的"吃人"事实也没能唤醒大哥反抗的决心。后来,在《春》中,觉新与蕙互生情愫,却无力阻止她被父亲许配给恶少郑某。再后来,儿子也死去了,他的心越来越冷。在《秋》中,淑贞、枚的死去让他对生活越来越没有了信心。在故事的最后,高家分家之后,他遵照三叔遗命娶了翠环,开始过上了新的生活,每日读书,还教翠环识字。觉新不曾像两个弟弟一样反抗过,但关于他的将来,我们或许可以从他写给觉慧和淑英的信中有所猜测:"我的上进之心并未死去。"

巴金读完《复活》时曾认为"生活本身就是一个悲剧",

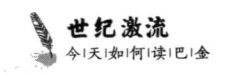

几年后，他又有了新的认识：生活是一场搏斗。关于生活的目的和生命的意义，他认为应该是"征服它"。觉新懦弱、隐忍，他打破了自己美妙的幻梦，毁灭了自己光明的前途，没有选择新的道路去"搏斗"、去征服，然而，当我们看到他开始了新的生活，听到他说自己的上进心并没有死去的时候，又该如何看待这位高家大少爷呢？

觉民和觉慧，两人都是接受了新思想的年轻一代，目睹大哥凄苦的生活，两兄弟便下定决心，争取自己的幸福，选择自己的人生，绝对不能再重复大哥的悲剧！觉民性格温和，为人谦逊，既不像大哥觉新那般懦弱，也不像三弟觉慧那般激进。在与琴的爱情中，他没有像大哥那样屈服，而是选择了离家出走，逃离长辈安排的婚姻，坚决和爷爷斗争，这在高家是破天荒的事情。最后，爷爷在临死前理解了他的选择，可以说觉民的反抗取得了胜利。觉慧是高家最具反抗意识的人，与大哥觉新完全不一样，是一个典型的激进派。他与丫头鸣凤相爱，最后却天人永隔。仿佛在那个社会中，鸣凤的结局是注定的：高老太爷把鸣凤许配给冯乐山做妾，鸣凤却无力改变。绝望的鸣凤去找觉慧商量对策，觉慧因为忙把她遣走了。然而觉慧怎么也没有想到，当时鸣凤面临的是生命最后的选择。他得知真实情况后，开始寻找鸣凤，令人心痛的是为时已晚，绝望的鸣凤早已带着她在高家17年的痛苦投湖自尽了。鸣凤投湖，是悲情的、绝望的，最主要、最直接的"杀手"便是无情腐朽的旧家庭、旧社会。后来，又目睹了梅、瑞珏等年轻的生命一个个死去，觉慧的内心充满了压抑感和窒息感。他跟大哥觉新说，他实在没有办法继续在这个吃人的"家"中待下去了，他要离家出走，远离这个令人窒息的"家"！觉新暗中支持了他的行动，觉慧离开了高家。在《春》和《秋》中，觉慧认识了一帮同样受到新思想影响的青年朋友，一起开报社宣传新思想。

鸣凤之死（出自《家》第二十六章）

她静静地倾听着，她希望再听见同样的叫声，可是许久，许久，都没有一点儿动静。她完全明白了。他是不能够到她这里来的。永远有一堵墙隔开他们两个人。他是属于另一个环境的。他有他的前途，他有他的事业。她不能够拉住他，她不能够妨碍他，她不能够把他永远拉在她的身边。她应该放弃他。他的存在比她的更重要。她不能让他牺牲他的一切来救她。她应该去了，在他的生活里她应该永久地去了。她这样想着，就定下了最后的决心。她又感到一阵心痛。她紧紧地按住了胸膛。她依旧坐在那里，她用留恋的眼光看着黑暗中的一切。她还在想。她所想的只是他一个人。她想着，脸上时时浮出凄凉的微笑，但是眼睛里还有泪珠。

最后她懒洋洋地站起来，用极其温柔而凄楚的声音叫了两声："三少爷，觉慧，"便纵身往湖里一跳。

平静的水面被扰乱了，湖里起了大的响声，荡漾在静夜的空气中许久不散。接着水面上又发出了两三声哀叫，这叫声虽然很低，但是它的凄惨的余音已经渗透了整个黑夜。不久，水面在经过剧烈的骚动之后又恢复了平静。只有空气里还弥漫着哀叫的余音，好像整个的花园都在低声哭了。

——摘自巴金. 巴金全集：第1卷. 北京：人民文学出版社，1986：266.

觉民和觉慧选择的是一条冲破封建旧家庭、走向自由的新路。在那个动荡不安、新旧交替的时代，爱与恨、快乐与苦难交织在一起，在时代的激流中动荡向前。通往光明的路在哪里？正如鲁迅先生所说，世界上本没有路，走的人多了，也便成了路。大哥觉新循着旧路隐忍着，觉民和觉慧则选择了一条新路，在激流涌荡的年代，生活是不会停止的，也没有什么可以阻挡它。三兄弟不同的选择，命运把他们带向了不同的地方。

梅表姐和瑞珏，是封建旧制度下典型的女性受害者。梅与觉新相爱却在父母包办婚姻下嫁给他人，结婚不到一年就守了寡，因婆家的人对待她十分不好，无奈只好回到省城娘家。

第二章
穿越世纪激流的《家》

由于战争,琴带着梅来到高公馆避难。看着眼前种种已物是人非,梅的心中不禁悲伤起来。在高家花园里,觉新与梅相遇,请求梅的原谅,看着泪流满面的梅,觉新心中充满了懊悔,他忍不住替梅擦泪,两人互诉相思之情。几天下来,瑞珏也知道了觉新与梅的爱情悲剧。她通过与梅真诚、坦率地交谈,知道了梅的遭遇与委屈,为梅的不幸与悲哀泣不成声。这份真诚的同情在压抑的旧家庭里显得弥足珍贵。瑞珏同样是旧社会封建礼教的受害者之一,她的死亡尤其令人心有戚戚。由于愚昧的封建教条、封建思想,以及觉新一贯的懦弱退让,瑞珏在郊外难产而死,直到死也没能见到觉新最后一面。梅与瑞珏的死去,让觉新失去了他生命中最重要的两个女人,而这两个人的悲剧产生的原因,除了觉新自身的懦弱,更根本的是封建教条、封建礼教乃至整个"吃人"的封建制度。如此看来,觉新又何尝不是封建旧社会的受害者呢?

琴,是一个具有新思想的青年女学生,她的命运似乎让读者的压抑感得到了一丝缓和。她想要把头发剪短的想法令她的母亲非常生气,于是以将她嫁人作为威胁。然而,琴好像看到了那条已经绵延了几千年的封建之路上躺满了无数无辜女子的尸体。这令她感到窒息,于是下定决心一定不要再走那条路,她要选择一条新路!后来,梅的悲剧也引发琴的母亲开始思考,她最终想明白了,开始支持女儿的选择。

世纪激流
今天如何读巴金

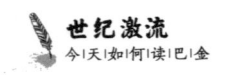

觉慧从高家逃离出来了,然而封建旧家庭的悲剧仍然在上演。那个时代的年轻人,尤其是年轻的女子们,无不被那个时代无尽的悲哀笼罩着、压抑着、伤害着。高家其他年轻人的命运将会怎么样呢?

淑贞,一个生性懦弱的人,在家里是母亲发泄负面情绪的对象。她的父亲高克定与母亲沈氏的婚姻像是一场闹剧,丈夫对妻子不满,于是在外面私生活混乱;妻子对丈夫不满,却无可奈何,于是把怒火发泄到淑贞身上。可悲的是,年纪尚小又生性懦弱的淑贞,既无力像淑英那样离家出走,也无法消解母亲带给她的伤害与痛苦。觉民等人同情她的遭遇,经常给她安慰,然而那些安慰并不能改变她的处境。她最终无法继续忍受了。一天,她找到淑华诉说自己可能没有勇气继续活下去了,淑华耐心地安慰她,陪她到花园里散心。当天晚上,淑贞选择以跳井的方式结束了自己痛苦不堪的人生。

最终,那条铺满了无数无辜年轻人尸体的死路也成了淑贞的去所。一条年轻的生命仿佛那片飘落在觉新肩头的黄色树叶,最后,掉进水里去了……树叶飘零随水流去的意境,像极了淑贞年轻生命的凋零。那条蔓延了几千年的封建社会的死路,还会吞噬掉多少条年轻无辜的生命?

淑英是高家三老爷高克明的女儿,平素里爱说爱笑,听闻父亲同意冯乐山为自己和浪荡公子陈某做媒后,却变得多愁

第二章
穿越世纪激流的《家》

善感起来。她内心十分明白,自己既不愿意像梅那样把自己的命运交付给他人,最终死得冤屈,更不愿意像鸣凤那样投身湖底以自杀的方式了却自己的生命。琴知道了淑英的处境后,内心十分痛苦,她仿佛看到又一个姐妹面临被人逼上那条绵延了几千年、躺满了无数无辜女子尸体的死路的命运。她非常同情淑英,并下定决心帮助她,通过觉民抗婚成功与觉慧离家出走的先例鼓励淑英。后来,蕙的惨死再一次痛击了年轻人的心,再一次掀开了封建礼教的外衣,让高家的年轻人看到了摇摇欲坠的封建旧家庭"吃人"的血淋淋的事实。他们的内心再一次被悲愤占据:一个个年轻无辜的生命被摧残、被吞噬,梅、瑞珏、鸣凤、蕙,这样的悲剧何时才能结束?那个"吃人"的旧家庭、旧制度何时才能被消灭?!觉民认为不能让同样的悲剧在淑英身上再次上演,在觉新、觉民、琴以及朋友们的帮助下,淑英成功地到上海与觉慧相逢。最终,淑英获得了自由的生活,逃离了蕙那样的悲惨结局。第二年的春天,淑英在给琴的信中写道:春天是我们的!

"春天是我们的!"这是淑英发自心底的呼声,她是激动的、欢喜的,春天对像淑英一样的年轻人来说,不只是暖阳和美丽的花儿,更多的是自由,是充满希望的明

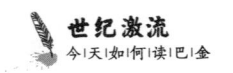

天，是充满意义的生活。

在大厦将倾的"旧家庭"里，如何逃离无边的黑暗？觉民、觉慧、琴、淑英都进行了勇敢的尝试，他们仿佛探索出一条通向光明的道路：只要足够勇敢，坚定地卸下身上的枷锁、克服自身的软弱，春天就是我们的！

读了高家年轻一代人不同的命运后，你有什么样的理解呢？

高家的没落和颓败是没有任何悬念的。淑英出走之后，高家其他年轻人的命运又会如何呢？曾经辉煌一时的高家，是如何轰然倒下的？分家之后，各房小家庭的命运又会如何呢？

离家出走的淑英，最终取得了胜利。摇摇欲坠的旧家庭即将倒塌，在被旧礼教吞噬的黑暗里，仍有一丝丝的光明与温暖，那是属于那些追求自由、敢于选择自己命运的年轻人的，他们突破黑暗，奔向了春天与光明。高家的房屋和花园，最终被以八万二千元的价格卖出，每房分取自己的股份后各自散去。就这样，曾经辉煌一时的高家顷刻倒塌。其实，旧家庭的倒塌是必然的，旧事物必消亡，新事物将成长。是啊，秋天和冬天过去了，那么，春天也就不远了。

第二章 穿越世纪激流的《家》

向旧家庭喊出"我控诉"

巴金对旧家庭的揭露与控诉，最直接的原因是对大哥的爱以及大哥被旧家庭摧残的短暂一生中的惨痛遭遇。巴金曾经说过，他打算为大哥写一部小说，这便是最初萌生创作《家》的想法的原因。开始写作之前，巴金在给大哥的信中诉说了种种顾虑，大哥鼓舞巴金勇敢地进行写作，还表示希望巴金早日把作品写成。然而，大哥的回信在巴金的抽屉中放了一年多，由于种种原因，巴金一直不曾动笔。后来巴金决心开始写作，他还打算为大哥保留一份发表小说的报纸将其寄给大哥。出乎巴金意料的是，小说在报上发表的第二天，大哥自杀的噩耗就传来了。回想大哥短暂的一生，巴金无比悲痛：大哥以后再也没有机会读自己的小说了！正是大哥一生惨痛的遭遇，更加激发了巴金对封建旧家庭的控诉。一部经典的文学作品，一方面是作者思想的表达，一方面是作者感情的寄托或宣泄。巴金写作高家的故事，在《家》《春》《秋》三部系列长篇巨著中对封建社会中"吃人"的封建礼教、满口仁义道德实则荒淫无度的

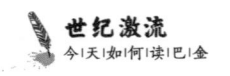

旧家庭不惜笔墨地进行了强烈的抨击和沉痛的控诉，这满腔的激情与愤懑，很大一部分源自巴金对大哥的爱。那个最爱巴金的人在封建家庭的摧残下，不堪内心的痛苦，在三十多岁的年纪选择以服毒自杀来结束其短暂苦闷的一生。巴金惋惜地说道："你的三十多年的生活，那是一部多么惨痛的历史啊。"我们从中不难感受到巴金内心深深的悲痛！巴金认为，如果大哥可以读到自己的小说，或许就会觉悟，就会选择新的道路，而不是贯彻"无抵抗主义"懦弱地把自己的命运交付给腐败不堪的封建旧家庭。巴金对大哥的爱越深厚，对大哥的离开就越感到痛苦，心中对旧家庭、旧教条、旧礼教的憎恶就越强烈，于是他通过文字，对那个给大哥短暂的一生带去无限痛苦的旧家庭进行了猛烈的批判和控诉。

大哥的自杀使巴金开始更加冷静、理智地思考大哥短短三十多年人生悲剧的根源——腐朽的封建旧制度、"吃人"的封建旧教条、荒诞的封建旧思想。巴金创作"激流三部曲"，不仅仅是要把自己没来得及跟大哥说的话写到小说中去，更是要对封建旧社会肮脏龌龊的"吃人"本质进行强烈的控诉、无情的批判，呼吁大家要对不公平的命运进行反抗。正如巴金在给他的一个表哥的信中所说过的，遭遇不公平的命运的人很多，时代的灰落到每一个个体身上，谁也不能独善其身，在认识的、不认识的人中，有无数人成了牺牲品，而遭遇这些不公

第二章 穿越世纪激流的《家》

平命运的，大多数是年轻一代。这些生命应该得到爱惜，就算是为了这些生命，他也应该与不公平的命运进行抗争。巴金表示这就是他写作《家》的动机，他的几乎所有思想都是以此为出发点的，巴金一直在借助小说对垂死的封建制度进行控诉。

巴金一直有一个信念，那就是旧家庭沉沦灭亡的命运是不可避免的，是必然的。正是这个信念让他更有勇气在作品中宣告封建旧制度的死刑。巴金多次表示，高家的故事并不是以自己家为原型写的，尽管很多人认为《家》是带有自传性质的小说。他曾解释过，最初写《家》的时候，最先浮现在脑中的确实是那些熟悉的脸庞，但是，他想要写作的并不是自己的家，因为他憎恨的不是某一个人，而是即将崩溃瓦解的旧制度。

《家》从构思写作到发表大约经历了三年的时间，巴金构思写作的时候，曾经跟大哥表达过自己心中的顾虑与困难，大哥鼓舞他以自家历史写一部小说。巴金很感激大哥的鼓励，但是他有自己的想法，他心中有一个信念，那就是要为他们那一代青年呼吁，要为已经被旧制度摧残致死的无数年轻人"喊冤"，要尽自己的力量去拯救那些正在被旧制度吞噬掉青春的年轻人。因此，巴金不只要写自己家的历史，更要写一个典型的封建家庭，里面的主人公都是具有典型性的，在当时的社会家庭中普遍存在。在"家"气势恢宏的故事中，巴金向读者展示了封建旧家庭是如何走上必然崩溃的道路的，让读者看到了

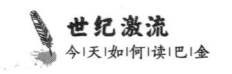

旧家庭一步步走向自己亲手挖好的坟墓，看到了旧家庭华丽的外表下内部的倾轧、斗争与悲剧，看到了那些年轻的、鲜活的生命是如何在黑暗中受苦、挣扎，最终不得已走向灭亡的，看到了那些被新思想武装头脑的年轻人是如何互相帮助、冲破旧家庭和封建教条的束缚，并最终获得自由、开启新生活的。在令人窒息的旧家庭里，我们看到有一些光照了进来，带来了一些新鲜空气，我们看到了新事物、新思想的力量，人们必将推翻腐朽的旧家庭，在坍塌的封建废墟上重建一个新的社会。

"激流三部曲"中的三部长篇小说，都是围绕封建旧家庭"高公馆"展开的，通过高家的没落与分化，讲述了封建旧家庭的瓦解，赞扬了接受新思想的青年一代的觉醒与抗争。巴金以心中积压许久的愤怒和满腔的激情对腐朽的封建制度进行了有力的控诉，以封建旧家庭高公馆的没落与分化为代表，预示了整个封建制度、封建社会的衰亡。故事中的觉民、觉慧、琴、淑英等代表了受五四运动影响的新一代年轻人，他们接受了新思想，面对旧家庭、旧教条敢于说不，为了争取掌握自己的命运，敢于大胆反抗，勇于与旧家庭决裂；故事中的高家长辈代表了顽固守旧派以及妥协于旧家庭、旧制度的一部分人，他们把自己封固在令人窒息的旧家庭里，不愿意出来或者无力出来，最终随着封建制度、旧家庭的消亡一起走上了穷途末路，揭示了封建制度、封建思想对人的思想的侵蚀；故事中的

第二章
穿越世纪激流的《家》

梅、瑞珏、鸣凤、蕙、淑贞、枚等一个接一个地悲惨死去，成为封建制度的牺牲品，令读者心中充满了同情、悲愤与憎恨，这些本不必要牺牲的年轻生命，让人不禁感叹过于冤枉，在揭示封建制度必将消亡方面起到了重要的作用。

控诉垂死的封建制度，一直支撑着巴金写作"激流三部曲"。虽然大哥自杀的噩耗曾给巴金带来了很大的打击，但是这件事更加坚定了巴金写作的决心，想到大哥短暂悲惨的一生，想到保守旧家庭、"吃人"旧教条、顽固的长辈们对他的摧残，他更加感觉到完成写作是他应尽的责任。

"激流三部曲"在我国文学史上占据着极其重要的地位。《家》最早于1931年在《时报》上开始连载，1933年5月上海开明书局出版首本《家》单行本。《春》完成于1938年，《秋》完成于1940年。由于《家》最初发表时题为《激流》，所以《家》《春》《秋》也被称为"激流三部曲"。《家》全书万言，被认为是巴金的代表作，从此"家"几乎成为巴金创作的代名词，也正是这部作品，确立了巴金在中国现代文学史上的地位。这部作品曾入选20世纪中文小说100强，名列第八位。

巴金的《家》发表于1931年，后来，曹禺在小说的基础上将其改编成同名话剧《家》，于1942年出版，曹禺的改编曾被

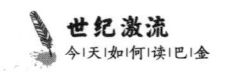

誉为从小说作品到戏剧剧本改编的典范。北京人艺曾在1984年将这部话剧首次搬上舞台，由蓝天野担任导演。

"家"被认为是巴金创作的特有意象，几乎巴金所有的作品都是围绕"家"这个主题展开的。《家》被多次再版和重印，其总发行量和拥有的读者数量在我国新文学史上首屈一指。《家》之所以拥有广大读者群，一部分原因是这部作品多次被改编为连环画、剧本，以及电影、电视剧、话剧、舞剧、越剧等。《家》的广泛改编也在一定程度上证明了这部小说的艺术魅力。《家》之所以拥有如此强大的艺术生命力，除了故事情节吸引读者，更因为作品中充满爱与恨、悲哀与渴望，那是年轻生命所特有的。青春是美丽的，而这将鼓舞一代又一代人去追寻永恒的生命的意义。

在那个激流动荡的年代，巴金创作的以"家"为主题的小说，是对鲁迅批判封建家族制度的传承，同时，他对中国封建传统家庭中存在的问题进行了更加深刻、更加具体的艺术呈现。巴金用满腔的真诚与热血在作品中对旧家庭进行了沉痛的控诉，揭示了封建旧家庭模式必然衰亡的命运，同时也从文化角度为中国传统家庭模式向现代转型提供了独特的思路。

【我来品说】

1. 在封建高家的故事中，谁的命运给你留下了深刻的印象？

2. 你认为高家的故事中最打动你的地方是什么？试着写下来吧。

第三章 走进心灵的《憩园》

导读

1944年7月,巴金完成了将近12万字的中篇小说《憩园》,这是巴金婚后创作的第一部小说,也是巴金根据两次回成都老家探亲的见闻写成的小说,书中杨老三(杨梦痴)的原型正是巴金的五叔。在这部历来被人们看作"激流三部曲"的"续曲"和"补遗"的作品究竟讲述了一个什么样的故事呢?巴金为什么会创作这部小说?让我们一起走进《憩园》来一探究竟吧。

第三章
走进心灵的《憩园》

《憩园》是巴金作品中较为经典的一部。憩园，顾名思义，即心灵休息的处所，是远离尘世隐于自然中的一方净土，同时也蕴含着巴金对旧式家庭走向没落的预言与追怀。园子像是一个与世无争的圣地，尘封着一切旧时的记忆，也像是一座静静的坟墓，埋葬着所有不合理的制度。园子一直都在，但是园中的人换了一家又一家，正因为没有从根本上改变园子内部的愚昧和陈旧，旧的藩篱一直都在，所以无论园中主人怎么更换，其命运都殊途同归，他们的悲剧命运是注定的，只不过换了一个人罢了。整部小说弥漫着淡淡的哀伤，在缠绵凄婉的哀伤情调中，令读者感叹人事变迁、世事无常、浮华一梦、荣衰一瞬。《憩园》所蕴含的感情是非常复杂的，不再像巴金早期作品那样狂飙突进、青春激昂、鲜明痛快，而是充满了悲悯与依恋，既有对现实的批判，也有崇高的人道主义同情，作品延续了《家》的悲剧，丝毫没有给人生的希望，像是一位老者充满温情的讲述,又像是一位失意旅人在娓娓道来。浓郁的抒情气氛、悲凉的挽歌情调,带有象征意味的嵌套式结构,赋予了作品回环往复的独特美感。《憩园》是巴金创作风格转型的关键点,褪去了青春的狂热,巴金的写作变得越来越沉静,不再追求情感倾泻的"青春式"创作风格,逐渐演变为"中年式"的细腻委婉和情真意切。巴金的文学花园里,奔腾的"激流"已经远去,"憩园"的风景更加引人沉醉。"憩园"里少了波澜、少了喧嚣、少了激情,多了沉淀、多了思考、多了深入细致的体会。"激流"入谷缓行舟,"憩园"有景多摇曳。

激流曲的尾声

若将世间万物浓缩成一本书，那么无论是沉重的或悲伤的，还是高兴的或喜悦的，皆会化成一部沉甸甸的大部头，一个个文字像是密码，不同的组合将演绎出不同的结局。心底的一阵微风缓缓吹过，蓦然回首，沉睡多年的记忆开始苏醒，心头的苦楚袭来，废弃的憩园里，埋藏了多少陈年旧事，又葬送了多少纸醉金迷的美梦。

1941年，离家18载的巴金再次踏上了故乡的土地，回首以往，恍如隔世。当年大家庭的辉煌早已不在，挚爱的亲人们也一个个离世，祖父、父亲、母亲的音容笑貌仿佛还在眼前，但宅中早已经寻不到一丝以往的痕迹。昔日的旧宅子早已经几次更换主人，整体面貌也有了很大变化，门楣上的"藜阁"二字分外醒目和刺眼，门前威武漂亮的石狮子不知所踪，大门上写着"国恩家庆、人寿年丰"的木板对联也不知道被扔在了哪个角落。门内照壁上，唯有祖父当年命人镌刻的四个红色篆书大字"长宜子孙"鲜亮如旧，在多年的风雨侵蚀中几乎不曾改变

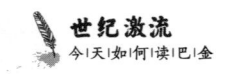

颜色，令人还依稀可寻公馆当年的样子。"长宜子孙"饱含着老人美好的心愿，寄寓了祖父对子孙的爱，此刻看来却足够讽刺。这个白手起家的老人辛辛苦苦创下一份家业，希望能够给子孙长久的幸福，直到临终前还心心念念他的字画古玩，尽力为儿孙们安排好舒适的生活，叮嘱儿孙们要好好守着家业，但是坐吃山空的儿孙们最终给他的回答是：要么分，要么卖。财富终有散尽的一天，本应当自食其力的人在最应当奋斗的年纪被豢养成了一只只金丝雀。"长宜子孙"并不能靠财富，倘使不让他们接触广阔的新天地，不让他们开眼看世界，不让他们早早树立理想，不向他们指明生活道路，那么"家"这个小圈子只能将他们养成井底之蛙、笼中之鸟，只会助长他们的惰性，消磨他们的心智，使他们沾染不良习气、贪婪成性，最终将时间和生命浪费在个人的享乐和得失上。

巴金写于1941年3月的散文 《爱尔克的灯光》中对故居的描写

傍晚，我靠着逐渐黯淡的最后的阳光的指引，走过十八年前的故居。这条街、这个建筑物开始在我的眼前隐藏起来，像在躲避一个久别的旧友。但是它们的改变了的面貌于我还是十分亲切。我认识它们，就像认识我自己。还是那样宽的街，宽的房屋。巍峨的门墙代替了太平缸和石狮子，那一对常常做我们坐骑的背脊光滑的雄狮也不知逃进了哪座荒山。然而大门开着，照壁上"长宜子孙"四个字却是原样地嵌在那里，似乎连颜色也不曾被风雨剥蚀。我望着那同样的照壁，我被一种奇异的感情抓住了，我仿佛要在这里看出过去的十九个年头，不，我仿佛要在这里寻找十八年以前的遥远的旧梦。

巴金对"长宜子孙"这四个字的感受是很矛盾的。一方面，它几乎是老宅子留下的唯一印记，勾起了他的无限回忆；另一方面，又是它摧毁了"家"的一切，巴金恨不得将它刮下来！是它让家四分五裂，也是它让家断送在某一代手中。那么多年轻的生命再也不能自由自在地绽放，那些本该有着一技之长、自食其力的子孙被囚禁在家中，那么多人在这个狭小的圈子里日复一日、坐吃山空，直至家财被消耗殆尽。这就是"家"！"甜蜜的家"！"吃人的家"！长宜子孙，多么美好的希冀，然而此刻又是多么讽刺。世代累积的财富荫蔽子孙，长长久久的福气泽被后代，但结果真是这样吗？中国有句古话：富不过三代，穷不过五服。古往今来，多少富甲一方的大家庭从辉煌走向没落，多少钟鸣鼎食之家沦为寻常布衣百姓，又有多少这样的公馆淹没在了历史的风尘中？这四个字中包含

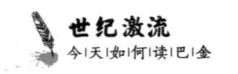

了创业先祖多少期待和祝福，就同样包含了败家子弟们多少悔恨与心酸。多大的家业，才能经得起十指不沾阳春水的少爷小姐们挥霍？怎样的门第，才能世世代代维持荣华富贵？靠道德传家，十代皆能衣食无忧；靠耕读和诗书传家，稍稍次之；但靠富贵传家，往往不过三代便会没落。这其中实则蕴含着朴实又深邃的治家育儿理念，一个家族的兴旺与延续，靠的是德行与修养，而不是权势与财富。财富，既是温床，也是毒药。好的引导与维护能让财富不断增长与积累，而不恰当的运用，则会让人被眼前的利益蒙蔽双眼，激发内心的好逸恶劳与贪欲。人之本性都是规避风险、向往舒适的，如果一个人一直处在舒适圈，则会慢慢适应周围的环境，如同温水煮青蛙一般，难以跳出舒适圈，最终坐吃山空，自食其果。父母之爱子，则当为之计深远。大家族子孙们若不能自食其力，结局是何等凄凉，靠祖业过活的"家"终究走到了入不敷出的穷途末路。衣来伸手、饭来张口的生活磨灭了多少人的心性，又有多少人能抵得住享乐的诱惑，骄奢淫逸、好吃懒做的子弟习气，摧毁了多少本该自力更生的年轻生命，扼杀了多少向往自由的年轻心灵。生于忧患、死于安乐，是被历史证明多次的深刻教训。试看历史上，能够流传百世仍然兴旺发达的家族，无一不是靠德行和家风传家的，孔子、范仲淹的子孙延绵至今，就是最好的证明。正如巴金所说："高大的房屋和漂亮花园的确常常更换主人。谁见过保持到百年、几百年的私人财产！保得住的倒是在某些人看来是极渺茫、极空虚的东西——理想同信仰。"①

  眼前的物是人非勾起了巴金的无限惆怅，他在旧居门前久久徘徊。一切都回不去了，去世的亲人一一在他脑海里浮现，破碎的家庭再也无法幸福如初，自己家这样的悲剧故事是否还在别处上演呢？天下又有多少不为人知的"家"的故事呢？这些都令巴金分外伤感。这次回乡探亲，巴金与多年不见的叔叔、姐妹、侄子们相聚，也得知了五叔李道沛去世的消息，这位五叔死在监牢里，巴金和家人一起到停灵柩的破庙里祭拜过。五叔是祖父的第二个夫人濮夫人所生，生得眉清目秀，聪明伶俐，很讨人喜欢。由于五叔幼年丧母，因此祖父对其很是宠爱，不让他受一丁点委屈，若是谁责备了五叔，祖父定会第一个站出来替他说话。就这样，五叔逐渐成了一个好吃懒做、不学无术的豪门少爷，仗着祖父宠爱，吃喝嫖赌样样都干。没有人敢说他一句不好，更没人敢告诉祖父五叔的斑斑劣迹，再加上五叔天生一副好口才，靠着花言巧语欺上瞒下，成天拿着家里的钱花天酒地、在外边开小公馆金屋藏娇，养着一个外号叫"礼拜六"的小妾。习惯了醉生梦死的日子后，五叔没钱了就去骗、去赌、去借，甚至去偷五婶的陪嫁私房钱，还打着祖

---

① 巴金.《憩园》后记 // 巴金全集：第 8 卷. 北京：人民文学出版社，1989：190.

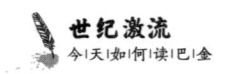

父的旗号借了大量私债，后来还染上了鸦片。当时成都的局势很严峻，街上经常发生川军和黔军的巷战，即便外边打得热火朝天，也阻挡不了五叔出去寻欢作乐的热情。终于有一天，在五婶的哭闹下，五叔的真面目被揭开。向来宠爱五叔的祖父怎么也想不到，自己视若珍宝的掌上明珠竟然是一个道貌岸然的伪君子，败坏家风不说，还挥霍无度、满口谎话。祖父生气之余也充满了失望与悔恨，一方面，他恨自己没有管教好儿子，放纵他一步步走向堕落；另一方面，他更恨那些带坏儿子的闲人。他第一次打了五叔，而五叔再一次用他的惯用伎俩骗过祖父，声泪俱下、痛哭流涕，还自己抽自己耳光，表示一定痛改前非、改邪归正，不受奸人引诱，好好读书。祖父无奈之下原谅了他，让其他几个儿子对他严加看管，不允许他外出。可惜没过几天，五叔老毛病又犯了，开始偷偷溜出去，还像以前一样四处浪荡，通宵不归。祖父去世后，五叔败光了家产，被妻儿赶出了家门，流落街头，但又不愿自己谋生，只得去坑蒙拐骗，最终被抓，死在了监狱里。作为封建大家庭滋生出来的纨绔子弟，五叔一生享受过人间富贵，也看尽了人事悲凉，但这一切都是他咎由自取，他的死并没有引起家人们的同情，在家人的心里，他早就已经是个死人了。

1942年4月，巴金第二次回家，再一次听人们说起五叔的荒唐和堕落行径，五叔的人生悲剧长久地盘踞在巴金的心里，

第三章 走进心灵的《憩园》

挥之不去。在小说《家》里，巴金以五叔为原型刻画了高公馆五老爷高克定的形象。两次返乡的伤感和五叔的结局再次触动了巴金的心弦，他萌生了再创作一部以"家"为主题的小说《冬》的想法，作为"激流三部曲"的终结篇。1944年，这部将近12万字的中篇小说《憩园》终于完稿，完成了巴金之前的设想。在这部小说中，巴金通过故事套故事的手法，讲述了同一所公馆两任主人的悲剧，对福荫后代的传统思想进行了批判，揭示出封建家庭害人不浅、必然走向灭亡的结局，表达了金钱财富并不能"长宜子孙"的深刻思想。

作为巴金"家"系列的延续，《憩园》保留了巴金一贯的对旧式大家庭这一写作题材的偏好，但也在许多地方有所突破。比如，此时的大家庭书写较巴金初期的创作已经有了更多"新"的因素。新的家庭模式，新的故事背景，新的嵌套式结构，矛盾纠结的人物形象，在氤氲着淡淡忧伤的氛围中将杨家的悲剧故事有节奏地展开，仿佛抽丝剥茧似的一环套一环，将人物命运一层一层地揭示出来，让读者在惊愕中陷入沉思。

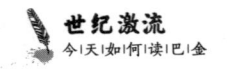

一曲忏悔的人生挽歌

《憩园》是一部充满感伤气息的作品，也是有关家庭伦理的绝佳典范。人性是复杂的，爱与恨、忏悔与宽恕，都不是简简单单二元对立的问题，人的情感也不是冰冷的。憩园里面的世界，之所以既让人颓唐，又令人迷恋，或许是缘于憩园里琳琅的景物承载了太多的人事心酸和人情冷暖。姚家也好，杨家也罢，只是历史长河中的一朵小浪花，历史的激流大浪一过，便再也无处寻觅踪影。他们头顶上是整个旧时代摇摇欲坠的屋檐，根基早已破败不堪，倾覆是迟早的结局。封建家庭就好像一本破败的万年历，翻过去才是新生，若翻不过去，就再也没有价值，面临着被撕掉的命运。小说家用笔撕开社会人生的一页缺口，把人世间的辛酸苦辣、人情冷暖淋漓尽致地展现在读者面前。有幸窥园的读者，目之所及尽是疮痍，看似美轮美奂的园子，实则到处是沉沦和堕落。巴金给了憩园这座园子奢华的外表，却用凄美和颓废来装饰它，这座华美的荒漠正是巴金内心的伤痛所在。

第三章 走进心灵的《憩园》

　　《憩园》通篇充满了忏悔意识，是一曲世家子弟从堕落到忏悔的人生挽歌。巴金在这部作品中成功刻画了封建大家庭败家子杨梦痴虚荣、堕落、自责、忏悔相交织的矛盾又复杂的内心世界。杨梦痴满怀遗憾和悔恨地对小儿子寒儿说：留财产给子孙，不如留德行。他到最后才明白这个道理，却为时已晚。尽管在家人要变卖祖辈留下来的宅子时他是拒绝的，其中包含了一丝不舍，同时也有更多忏悔的成分。宅子最终被卖掉了，完整的家也四分五裂。杨梦痴的身上也有巴金自己的影子，出身大家庭的他，明知家庭的覆灭是必然的，却无能为力，只能选择出走，看着原本辉煌的大家族分崩离析，看着挚爱的亲人被旧家庭吞没。对于无法挽救家族的命运，巴金内心是非常痛苦的。巴金对小说情节的安排和处理中明显渗透着浓厚的忏悔意识。因此，"憩园"的两任主人都没能逃过命运的惩罚。

　　第一任主人杨梦痴游手好闲，花天酒地，败尽祖业后遭到家人的冷眼，又因不愿意做工自食其力被大儿子赶出家门，最终因为偷窃被关入监牢，感染了霍乱而死，连后事都无人处理。被赶出家门后的忏悔是这个人物转折的关键，也是他惹人同情的内在原因，他认为自己自作自受，害苦了家人，再也无颜面对他们，被扫地出门是罪有应得，他不想再连累家人。他流着泪叮嘱寒儿，千万不要学他这个不争气的父亲，并且希望得到孩子的宽恕，他日孩子长大后想起这样一个父亲来，不是

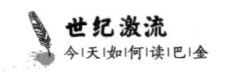

满怀仇恨,他也就瞑目了。而第二任主人姚国栋的爱子姚小虎仿佛是杨梦痴的翻版,他从小被溺爱,不知生活甘苦,但不同的是,他没有杨梦痴那样的忏悔机会,而是把伤痛留给了自己的父亲,骄纵任性的他被大水无情地冲走了。小虎失踪后,姚国栋痛哭流涕,感叹自己没有害过人,为何老天要如此残酷,让他一把年纪了还承受丧子之痛。姚国栋的悲剧之处其实还在于根本没有认识到是自己的愚昧和教育方式害死了儿子,这同巴金的祖父对五叔的溺爱如出一辙。两任主人一个是将悔恨留给了儿子,一个是将伤痛留给了父亲,这或许传达了巴金小说构思的深意:不幸的家庭千千万万,只要导致悲剧的根源没有破除,悲剧还是会轮番上演。显然,不是巴金不愿给小虎一个悔过的机会,而是他看到了封建思想荼毒人心的深重罪孽,若不将其彻底地揭示出来,怎会达到震撼人心的效果。如果看不到导致悲剧的病根,任何忏悔都是无济于事的。

杨梦痴原本是憩园的主人,他幼时天资聪慧、好读书,深得父亲的喜爱,后来即使被赶出家门流落到大仙祠也仍保持读书的习惯,由此可以看出他颇有文化修养,并非天性堕落。这让人不禁思考:究竟是什么导致了他人生的悲剧呢?巴金在《憩园》中通过杨梦痴这一人物形象再一次对封建旧家庭进行了批判和控诉:封建旧家庭的那一套观念与制度已经腐蚀了杨梦痴的天性。他游手好闲惯了,从来不必担心生活,等家财挥霍败尽、不得不卖掉祖产公馆后，才开始有了一点点心痛，不得已开始自谋生计，陷入了自责与忏悔之中。但是，正如温水煮青蛙一样，长期挥霍无度的堕落生活已经在无形中腐蚀掉了他性格中坚毅、刻苦、节制的良好品质，即使他幡然醒悟，想重新做人，封建旧家庭的那套观念也已经在他的品性中根深蒂固了。小说中，在失去祖先留下的生活条件后，曾经有人向杨梦痴推荐过一个办事员的职位，好歹他识文断字，只要勤恳努力，还不至于去乞讨。面对这样一个自力更生的机会时，他却碍于面子拒绝了。他不怕吃苦，但就是放不下身段，可见这个封建旧家庭子弟已经到了无药可救的程度。他不懂什么是真正的自尊，最终沦落到向别人摇尾乞怜做乞丐的地步！这种不劳而获的思想惯性将他送入了万劫不复的深渊。

杨梦痴虽然天资聪慧，文化修养也很高，但是懒散堕落，无进取心。面对祖上留下来的丰厚家产，他既无管理意识，更无经营能力。万贯家财就如同给他编织的一个梦境，他沉迷其中，游手好闲、放逸享乐，过着不劳而获的生活。祖业挥霍殆尽后，他不得不变卖祖产，梦境破碎，被赶出了憩园。面对残酷的、无情的真实社会，他那点聪慧显得苍白又无力。周围的环境变了，没有了宠爱他的父亲，没有了可以肆意挥霍的祖业，杨梦痴在被从憩园里赶出来之后，一下子变得无助、彷徨、尴尬，他根本不具备独自面对现实生活的能力，又如何承担起养活一家人的责任呢？于是他开始醒悟，开始自责，开始深深地忏悔。他让寒儿忘记他，当作没有这么一个父亲，把他当成已死的人，让他安安静静了度余生。但是此时无论他多么悔不当初，忏悔之心多么真诚，他整个人已经被封建制度腐蚀了，最终会被周围的人、被那个社会、被那个时代抛弃。就如小说中的李老汉所说，人一旦踏错一步，一辈子就完了。想要回头，很不容易。的确，人生之路漫漫，要紧之处只有几步，如何选择不但要靠智慧，还要靠思想格局。值得称道的是，巴金通过杨梦痴自我批评的方式，对其进行了深刻的批判，使得这种批判更加有说服力和震撼力。同时，巴金还将周围人对杨梦痴的随意奚落甚至羞辱，与寒儿对父亲的宽恕之爱进行对比，通过对杨梦痴的怜悯透露出作家对人们的冷漠与麻木的一种超越式的忏悔意识。巴金给予了人物最大程度的观照和同情，杨梦痴的忏悔既是一个人的悲歌，也是一个家族的哀音，更是千千万万这样家庭的挽歌。

杨梦痴这样的人或许存在于我们身边，他们风光时，占尽一切天时地利，人们对他们宠爱至极，养成了他们飞扬跋扈的个性；有朝一日风光不再时，周围的人便开始厌恶他、羞辱他，甚至连亲人也远离他。被赶出家门后，杨梦痴有一次被亲弟弟的车撞倒，弟弟不但不认哥哥，还顺口吐了一口痰在他身上。反倒是曾经受过恩惠的人对落魄的杨梦痴还心存善意。在

第三章
走进心灵的《憩园》

小说中,当杨梦痴众叛亲离时,反而是他曾包养的情妇老五用存下的三万块钱救济了他。此处,巴金所探讨的不在于婚姻关系中的伦理问题,更多是一种对人性善恶的分析。或许,对于老五这样一个形象,我们不能简单地看待,巴金至少让读者看到了另外一种可能性:人性是复杂的,不能用对与错来评判,在亲缘、血缘关系之外,人世间还有一些别样的温暖。

小说中的人物从杨梦痴到寒儿,几乎都在忏悔。杨梦痴因贪图享乐、不思进取败光了祖业,被妻儿赶出家门,露宿街头的他自责不已,却也没有颜面再向妻儿求得原谅,也不想儿子因他而受人冷眼,所以羞于与儿子见面。巴金感叹杨梦痴的遭遇,有意将杨梦痴塑造成一个广义的"罪人"形象。这种超越式的忏悔意识渗透着巴金强烈的人道主义关怀,使得这一人物有了更加独特的精神底蕴,更具穿透力和震撼力。小说中的寒儿同样是一个忏悔者,他是父亲悲剧的见证者,也是唯一愿意亲近杨梦痴、倾听杨梦痴的人,他为父亲的悲剧而活着,他的忏悔更多带有一种替人赎罪的意味,因此这个杨家小孩的形象令人难以忘怀。

实际上,谁是没有罪的呢?如若人性中缺乏了悲悯与宽恕,其实也等同于一种犯罪。杨梦痴只是千千万万世家子弟中的一个,他既是典型的,又是不典型的。他的典型在于他身上有着所有纨绔子弟的共同劣根性,好吃懒做、不思进取;他的不典型在于他的矛盾性，他并不是完全意义上的坏人，他是浪子，也尝试过回头，但是没有成功，他亲手将自己送上绝路，一步步看着自己成为连自己都讨厌的人。在杨梦痴的人生悲剧中，人人都是看客，人人也都是刽子手，面对日暮途穷、心力交瘁的杨梦痴，人们只看到了他的不堪，却没有一个人站出来拉他一把，向孤独不幸迷失痛苦的他传递善意，所有看似公正的谴责和羞辱实际上都蕴含着人性中卑劣的一面。站在这一层面上，就不难理解巴金对杨梦痴这一形象的宽容，《憩园》的主题也得到了升华。杨梦痴的忏悔是人对人性弱点的忏悔，如果能够早一点觉悟，本来美满的家庭就不会落到如此境地；巴金对杨梦痴的忏悔则是对人之原罪的忏悔，巴金也替所有人向杨梦痴忏悔，如果有人能够像寒儿一样给予他更多的温暖，或许他不会这么快就死去，寒儿也不会永远失去父亲，说到底还是众人的冷漠间接害死了杨梦痴。这里，巴金通过杨梦痴这一形象对自己的荒唐过往进行了忏悔，那种幽深隽永的宗教式体验赋予了这部作品更为深远的思想意义。

关于宽恕的爱

小说《憩园》整体上呈现出浓厚的挽歌情调，这固然离不开人物命运本身的悲剧性，也和作者本身矛盾的心理不无关系。一方面，巴金对杨家和姚家两个不同模式的家庭进行了批判和反思，同时流露出过多的同情，甚至表现出恋家的倾向。一方面，巴金对杨老三这个败家子的行径表示了不满，但又对他带有深切的同情。对杨老三，作者的本意是通过对这一形象的塑造来警醒世人，但在下笔的时候又不自觉地对之产生同情，给人以恨铁不成钢的温情。小说中的杨家小少爷寒儿是《憩园》中的关键人物，这个形象是中国现当代文学儿童谱系中一个较为独特的形象。据巴金自己说，塑造这样一个形象完全是考虑到主人公杨梦痴，这样一个小孩子，一方面更能衬托出杨老三命运的悲剧性，另一方面也能令杨老三的性格更加具有双面性。杨老三对家庭和孩子，既有深沉的爱，同时也因为长久积累的子弟习气而难以自持，对于奢靡生活的欲罢不能一步步将他送上深渊，最终沦落到有家不能回的境地。寒儿对父亲的依恋远远超乎寻常人，他一次

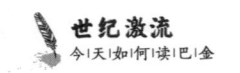

次原谅父亲，替父亲辩解，始终相信父亲会回心转意，在父亲被赶出家门后，焦急地四处寻找父亲，生怕父亲受到伤害，无论父亲有多大过错，他都愿意揭过去。

寒儿对父亲的爱是超越性的宽恕之爱。在原生家庭中，寒儿作为受人宠爱的小少爷，母亲和哥哥待他千般好，并且不赞同他接近父亲，以防杨老三带坏寒儿，但寒儿表现出的对父亲的爱和依赖几乎是一种超乎想象的本能。他不顾家丁的阻拦，一定要去见父亲，费尽心思溜进已经不是自己家的姚家，就为了能够折一枝茶花送给父亲，解其思家之苦，天然的血缘关系使得父子之间并没有因为外界事物的干扰而生疏。尽管杨梦痴一再躲避寒儿，但在寒儿看来，不管父亲做错过什么，父亲永远是可亲可敬的，不是乞丐，不是别人口中不可救药的浪荡子，他能看到父亲的脆弱和卑微，也心疼父亲的悲惨处境，不允许别人欺负父亲，一旦有机会便死死抓住父亲不放，他对父亲深深的爱不掺杂一点杂质。在杨老三被赶出家门后，家里没有了挥霍家产招人厌恶的父亲，随之也少了谩骂和抱怨，一家人反而恢复了少有的温馨与和气。但寒儿并不认可这样"不完整"的家庭关系，他认为没有父亲的家始终是冷清的。寒儿对父亲的爱是不需要理由的自然情感的流露，这种爱建立在宽恕的基础上，不受外界干扰，不被道德律令左右，更像是一种广义的泛爱之情。给别人改过自新的机会，实际上也是在宽恕自己。巴金通过寒儿这一形象，想传达的

第三章 走进心灵的《憩园》

便是这样一层隐秘的意思。寒儿心思纯洁，具有同情心，完全就是一个小天使的化身，他对杨梦痴的爱，尽管在一定程度上是出自孝道，但更多是一种更为广义的"爱一切人"的大爱，这种宽恕之爱有着更为深广博大的内容。世人的冷言冷语并没有阻碍寒儿对父亲的爱，他的态度与母亲、哥哥的态度形成了鲜明的对比。小说中多次写到，看到父亲受苦，寒儿充满了自责和不忍，觉得是自己和家人对不住父亲，让父亲一个人流落街头。当杨梦痴为了躲避寒儿不告而别时，寒儿急得寝食难安，更没有心思读书。在他看来，找到父亲才是当下最要紧的事情，假使找到了父亲却救不活，读书再好也是枉然，倒不如跟着父亲一起去了。这时的寒儿已经不再像一个孩子，更像一个心智成熟的成年人。这样一个超乎人物心理年龄的形象很难不引起读者的惊叹。正如有的人认为，寒儿是作者的化身。巴金在写作前，原本的设想是对杨梦痴这样的封建世家子弟进行谴责和批判，但在写作过程中不自觉对他们带有了同情，写出来的故事也完全变了味道。对人性弱点的理解使得这部作品相比巴金之前的作品而言更为宽厚，再加上社会背景的渲染，整部作品的悲悯基调便被淋漓尽致地发挥出来，直击人心。不得不说，寒儿这一形象的塑造是相当成功的，通过他，读者对于杨梦痴吃喝嫖赌、对家庭不负责的恶劣行径就没有那么反感了，甚至由于寒儿的存在，读者对于杨梦痴的态度反而多了几分同情。衣衫褴褛的杨老三走投无路去偷窃，被抓后遭人打骂时，读者甚至会因寒儿的挺身而出而深感欣慰，寒儿急切地护在父亲前面，用幼小的身躯推开打人汉子的手，流着眼泪替父亲辩解。在寒儿眼中，父亲的偷窃行径已经被自动忽略，他认为父亲始终是好人，是被欺负的对象，即便犯了死罪，也不能如此打他。不论父亲之前对待家人如何，都不能抛弃他，寒儿用他浓浓的爱给父亲以关怀，盼望着他能够振作起来，好好生活。他替父亲洗了脸，擦了身子，换上干净衣服，清理了伤口，还小心翼翼地给父亲喂药，俨然一个熟练照顾人的成年人。当杨梦痴悔不当初泪流满面时，寒儿却抽咽着说是自己不好，让父亲一个人受苦。在寒儿看来，父亲的罪孽并不是不可饶恕的，他关心的只有父亲流落在外，不能和家人团圆享受天伦之乐，父亲始终是父亲，并非十恶不赦之人。寒儿这种丝毫不掺杂一点杂质、无差别的宽恕之爱，使小说有了更加宽广深邃的思想内涵。爱是人类最初的本能，需要足够的宽容和忍耐；爱是不势利，不因他人所处的环境而轻易动摇；爱是不张扬，追求静水流深，滴水穿石；爱是不计较，不衡量付出与回报；爱是无差别，不因条件、环境的改变而改变态度；爱是永不止息，爱人的能力是与生俱来并且伴随终身的。寒儿的爱就是如此，不动摇、不张扬，不以简单的善恶来看待人，他用宽恕来爱人，用悲悯的眼光看待一切人。

有人说，巴金塑造的杨寒儿这一形象是巴金自己的化身，

第三章 走进心灵的《憩园》

是巴金塑造的另一个自己,通过这一形象,巴金表达了对杨梦痴的同情,流露出对五叔人生遭际的悲悯,也折射出巴金对旧时代、旧社会的种种不幸的人道主义关怀,以及对人间之爱、宽恕之爱的呼唤。在我看来,这样一个小孩子的形象,或许也是杨梦痴自我人格的一个影子,是他回不去的最初自我,他饱含同情地舔舐着自己的伤口,为自己的悲惨命运哀叹,并且试图挽救自己,但最终因为受封建家庭制度荼毒太深而无能为力,只能看着自己沉沦。生在今天的我们,或许很难理解20世纪大家庭的森严等级,对于其中的种种变故无法像巴金那样感同身受,只能通过文字的力量,去触摸那个不属于我们的时代,去感受一个个身不由己的生命的自我挣扎。看到已经是黎阁的公馆,巴金仿佛看到了当年的李府,尽管巴金对于困住自己、困住无数青年的封建大家庭充满了痛恨,但毕竟李府也是自己的家,曾经给过巴金衣食无忧的童年生活,那里埋葬着他再也回不去的过去,埋葬着他曾经爱过的人和那些爱他的人。当年风光无限的五叔下场凄凉,尽管他是咎由自取,但他的悲剧命运也并非一人之过,也有值得同情的地方。因此,面对老宅子,巴金的心情是复杂的。憩园就是人间悲苦的一个小小缩影,有人在这里欢笑,有人在这里沉沦,有人在这里被囚禁了一生,有人在这里看遍了人间冷暖,家族成员所竭力维持的辉煌,实则不堪一击。离开大家庭的巴金始终都在反思和忏悔,用他独特的文学方式,为自己、为家庭定制了手术刀,他清醒地解剖自己,解剖社会,解剖人性。《憩园》这部作品便是很好的尝试,小说中没有大起大落的故事情节,没有夸张的表现方式,有的只是儿子宽恕父亲的家庭故事和一个个精准鲜活的人物形象。在这座豪华的院子里面,每个人都是有罪的,每个人也都应当忏悔自己、宽恕他人。《憩园》如同一颗清香的梅子,清脆爽口之余略显酸涩,又如一坛陈年的老酒,细品起来是悠长的苦涩,让人忍不住沉醉。

巴金写作《憩园》时已是中年,早年的青春亢奋已然褪去,慢慢沉淀下来之后的他多了一份成熟与冷静,他不再用二元对立的眼光看待事物,对人性的判断也不是简单的非黑即白,世道的艰险、谋生的不易使他对人生的理解更为宽厚,逐渐丰富的人生阅历使得他更加能够设身处地地体察人心,看懂人间的悲欢离合,客观对待人类命运的升降沉浮。这种成熟和冷静大大拓展了《憩园》这部作品的思想内涵,自我忏悔和宽恕之爱使作品具有了更为深邃的表现空间。通过杨梦痴这一人物形象,通过他对自身言行的忏悔,巴金传达出了自己对整个社会、整个民族的忏悔之情,他想告诉我们:无论处于什么样的境地,都不可丧失良心的温度。生而为人,有太多的心酸与无奈,每个人都无法独善其身、置身事外,因此忏悔意识和宽恕之爱是必不可少的。如果不懂得悲悯与宽恕,人将会变得麻木不仁；如果缺乏宽宏博大的爱意，民族的未来是值得担忧的。伸出手去揩干旁人的眼泪，有一分热，发一分光，减少这人世的饥寒，让每双泪眼婆娑的眼睛得以欢笑，是巴金的愿望，与杜甫"大庇天下寒士俱欢颜"的宏大心愿多么相似。同样是表达对人世疾苦的悲悯，巴金的视角落在"家"这样一个维度上，他始终都在通过家庭关系、家人亲情来构架自己的思想世界，"家"对巴金而言，有着独特的吸引力。因别人的不幸而难过，因他人的欢喜而雀跃，是巴金悲悯意识的集中体现。人生在世，虽有那么多痛苦，却也有更多的爱。在痛苦中看到爱，背后所依凭的正是浓厚的悲悯意识，有了这种自觉的悲悯意识，眼睛便会因常含泪水而愈加清明。姚家和杨家两个小家庭，反映的是大时代的格局，巴金的叙述克制而内敛，文笔委婉而生动，让人在被带入故事情节的同时，也在反思家庭究竟给我们带来了什么，爱的意义又是什么。如何爱人，如何爱家，如何爱国，是文学的难题，也是巴金留给我们的思考题。或许，这正是巴金给我们每个人上的一课，整个国家、整个民族都需要一点巴金式的忏悔之情和宽恕之爱。

关于《憩园》的电影改编

巴金于1944年完成了中篇小说《憩园》的创作，1961年，他把《憩园》寄给了夏衍。20世纪60年代初，在征得巴金同意后，时任文化部副部长的夏衍应廖承志的要求，同时也为了支援香港进步电影，专门为香港演员夏梦量身定做了电影剧本《憩园》。1964年，该剧本由香港凤凰影业公司投入拍摄。电影由导演朱石麟执导，主演是鲍方和夏梦。为了适应香港特殊的环境，导演特地将片名改为《故园春梦》。

1983年5月，夏衍重读《故园春梦》剧本，写下一篇《后记》，其中对《憩园》有这样的评价："现在有不少人在谈中国电影民族化的问题，我认为'民族化'不应该单从形式上去下工夫，最主要的还是要写出有中国特色的人物、有中国特色的人与人之间的关系——包括伦理、道德，而《憩园》这部小说中的每一个人物，都具有中国民族的特色，在资本主义国家，不可能有万昭华，不可能有寒儿，也不可能有姚国栋这样的人物的。这就是民族性，这就是《憩园》动人心弦的力量。"

【我来品说】

1. 从上文的分析中，你认为《憩园》中的杨梦痴值得同情吗？为什么？

2. 你认为"憩园"这一题目蕴含着怎样的含义？

第四章 在《寒夜》里寻求光明

导读

1946年冬，巴金完成了他在现代文学阶段的最后一部小说《寒夜》，把他对"家"的理解以及他对家庭题材的运用推到了一个极致。《寒夜》讲述的是一个普通家庭的故事，巴金及其作品中的人物又一起跌进了苦难的深渊，然而，巴金并没有一味谴责主人公的自私和软弱，而是把一点微弱同情与温暖洒在他们寒冷的身上，显现出人性的真正博大。

第四章
在《寒夜》里寻求光明

　　自"五四"新文学运动以来，批判封建制度、控诉"吃人"的社会是新文学作家们共同的使命。从鲁迅的《呐喊》《彷徨》开始，中国文学在对"人"的思考上，始终都未曾停下反思的脚步。所有现当代作家中，巴金的独特之处在于，他始终聚焦于家庭这样一个维度，从创作初期的"激流三部曲"，到后来创作的《寒夜》，巴金为我们讲述了各式各样关于"家"的故事。从复杂压抑的封建大家庭，到新式知识分子组成的小家庭，巴金不断用他细致的观察为各类家庭开出诊断书。在他的作品中，我们看到了诗书传家的家训背后的虚伪与腐朽，看到了普通人家的鸡零狗碎和一地鸡毛。《寒夜》是巴金创作生涯中长篇小说的代表作，也是巴金创作的最后一部长篇小说，描绘的是抗日战争后期直至抗战胜利后，一个普通小公务员理想破灭及家人离散的家庭悲剧。它的出现标志着巴金在现实主义创作手法的探索上达到了全新的境界。

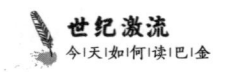

暗夜行舟

20世纪40年代，对于中国来说，是一个历史被两次扭转的年代。一方面，作为世界反法西斯战争重要组成部分的抗日战争取得胜利，中国人民第一次在近代以来的侵略战争中打了一场扬眉吐气的翻身仗，尽管这场旷日持久的战争给中国人民带来了深重的苦难和巨大的牺牲，但中国人民终究赶走了日本侵略者，迎来了民族解放的春天。另一方面，在中国共产党的领导下，国民党反动派的黑暗统治终于画上了句号，中华人民共和国的成立标志着中国结束了半殖民地半封建的历史，走上了独立发展、人民当家作主的道路。然而，每一个黎明前都伴随着漫长的黑夜，每一缕曙光里也都有无数个过早陨落的星辰。

1944年，日军在太平洋战场接连战败，颓势尽显，海上交通线面临被切断的危险。为了整合兵力，攫取东南亚地区的战略物资，摧毁空军基地对日本本土的威胁，从而扭转战局，打通从伪满洲国一直到广西的中国大陆交通线成为日军的当务之急，豫湘桂战役一触即发。而此时的国统区政治腐败、民生凋

第四章
在《寒夜》里寻求光明

敝。往来于上海、重庆、桂林、贵阳等西南各地的巴金目睹了民族的深重灾难,也在不断思索着中国未来的道路在哪里的问题。这一时期的巴金刚刚结束了蜜月旅行,在重庆文化生活出版社一个不到十平方米的小房间里组建起自己的小家庭。面对民族的苦难,新婚燕尔的巴金深感痛心,只能将满怀的愤懑诉诸笔端。冬天的重庆阴冷潮湿,在这间黑暗狭小的屋子里,巴金开始构思《寒夜》。1945年8月,日本宣布无条件投降,中国人民最终取得了抗日战争的伟大胜利。

当众人沉浸在欢庆中时,巴金却显得心事重重。在他看来,人们狂欢得太早了,中国社会仍旧面临着诸多未解决的问题。胜利只是一个开始,普遍的荒凉和寒冷仍然笼罩着这个多灾多难的国度。抗日战争结束后,国民党反动派加强了对国统区的统治,其专制统治给国家和人民带来了极大的伤害,国家经济也遭到了严重的破坏,人民物资极度缺乏,精神生活一片混乱,民族矛盾上升为当时社会的主要矛盾,中华民族亟待新的统治力量带领人民走出泥潭。此外,根据当时的数据,抗战爆发前期的1937年,作为大后方的重庆人口不到50万,此后短短几年内人口激增,1944年时已经突破百万,这种情况一直持续到抗战结束。战争时期涌入的大量人口也给国统区带来许多社会问题,当时的国民政府根本没有能力为这些人提供生活保障,物价飞涨、通货膨胀严重,人们的住宿、卫生环境极其恶劣,连基本的生存都得不到保障,交通出行也因为运输能力不足而屡屡受限。1945年11月,几经周折才返回上海的巴金失去了相伴多年的三哥李尧林。安葬了三哥后,巴金又匆匆返回重庆照顾即将生产的妻子。接连的变故和奔波加剧了巴金心中的焦虑,也促使他更加认清了现实的处境,国民党政府的独裁统治不断变本加厉、倒行逆施,使得社会秩序更加混乱。在这期间,巴金积极参加文艺界各种活动,多次协同文艺界的爱国人士联名上书国民党当局,要求保障言论自由,抗议查封进步刊物,为反抗国民党反动派的独裁政权做出了积极的努力。1946年5月,巴金携妻女回到了上海。没过多久,1946年6月,蒋介石单方面撕毁了"双十协定",白色恐怖笼罩在整个城市上空,进步报刊被查禁,革命人士被暗杀,全面内战的爆发再一次将刚刚摆脱战乱的人们拉入了深渊。巴金在这一时期最主要的创作成就便是长达20万字的《寒夜》。1946年年底,断断续续写了两年的《寒夜》终于完稿。巴金多次表示,写《寒夜》的目的在于控诉旧社会,在于驱散黑暗,期盼早日迎来光明!整部小说的题目便是"寒夜",这一极富象征意味的意象也为小说的情节展开奠定了基调,压抑、沉闷、恐惧、担忧,当前的状况很难得到改善,未知的一切更是令人感到恐惧和迷茫。作品中几乎没有大起大落的情节,但对于人物心绪的把握相当细腻到位,在悲凉的气氛中道尽了小人物的凄凉、悲愤、挣扎

第四章
在《寒夜》里寻求光明

和死亡，整个战争后期人们的状态被展现得淋漓尽致。巴金想要告诉人们，20世纪40年代国民党统治下的旧社会，早已经是一个吞噬一切新生力量的大漩涡，想要靠个人的力量逃出生天几乎是不可能的，在时代的浪潮中，每一个人都是一朵不起眼的浪花，逃不过被旧制度吞噬的凄凉命运。原本还有些理想抱负的小知识分子也同大多数人一样，在走投无路的绝境中迷失了方向，小说中汪文宣的家庭悲剧，既是个人的悲剧，也是广大知识分子乃至整个社会的悲剧。

《寒夜》中的故事发生在抗战后期的陪都重庆，当时，日本侵略者的铁蹄在中国大地肆虐，整个重庆也处在极度恐慌之中，没有人知道日本人会不会打到重庆来，什么时候打来，打来之后怎么办。在当时的社会背景下，逃难是唯一要紧的事，也是不得不为之的大事。巴金以饱含温情的现实主义笔触，用细腻的文字和沉重的笔调真实地刻画了战争年代底层小知识分子的卑微。看似是一个家庭故事，实则是一个时代的缩影，故事中人物的悲欢离合，既是他们的性格、经历使然，更多的是时代的暗涌将他们送到了风口浪尖。《寒夜》中，巴金描摹的重点并不在于宏大的战争场面，也不在于革命者献身革命、组织罢工等各式各样的斗争，而在于一个个凡俗社会中的小人物的生活。他们不是英雄，也不是革命者，更不是历史的弄潮儿，他们的命运随时代的沉浮起落，甚至不会激起什么浪花。一个个平凡的生命构成了故事的主体,他们有着凡俗人生的矛盾、家长里短的日常琐事、婆媳大战的剑拔弩张。对凡俗人生的精细描摹,取代了巴金以往擅长的情感的直接倾诉,以小人物的家庭生活为窗口来切入整个时代的命脉,他们的婚丧嫁娶、生儿育女、生老病死、人情世故成为巴金这一时期创作的主要考量,时代背景传递出的令人窒息的压抑成为作品的主调,主人公家庭生活的不如意所带来的一系列问题成为巴金重点表现的内容。在巴金看来,中国的知识分子本性都十分善良,他们安分守己,踏实工作,然而,这样的生活在战争年代也几乎是奢求。家庭的矛盾、灵魂的扭曲、人与人之间的冲突,往往都不是单一的因素导致的,而是那个时代错综复杂的因素碰撞出的最终结果。作品中的人物都是特殊年代身不由己的普通人,他们有着各自的立场和坚持,但都不可避免地陷入了矛盾冲突中,没有一个人物不在纠结,也没有一个人物完全无辜,是个人和时代共同造成了他们的人生悲剧和家庭悲剧。代际关系、夫妻关系、婆媳关系、亲子关系、社会关系、伦理关系等都在《寒夜》的故事中有所反映。可以说,巴金是"家"的写作者,也是"家"的观察者,更是"家"的守望者。在黎明前的漫漫长夜中,他孤独地驶着小船,寻着微弱的灯光,探索通往新天地的道路。夜,的确太冷了。

《寒夜》的结尾处,当欢呼雀跃的人们走上街头,笑着、

第四章
在《寒夜》里寻求光明

唱着庆祝胜利之时,在一间阴暗的小屋里,一场生离死别的悲剧正在上演。汪文宣恋恋不舍地握着母亲和儿子的手,想说的话太多,却又不知从何说起。他满眼都是不甘,在经历了失业和妻子出走的双重打击后,此时的他已经心力交瘁、油尽灯枯,在人们庆祝胜利的锣鼓声和鞭炮声中悄悄地告别了这个世界。两个月后,曾树生请假回家探亲,才惊讶地得知丈夫的死讯,此时婆婆和儿子早已搬走,人去楼空,下落不明。她茫然地徘徊在街头,举目无亲,也不知道该何去何从。寒夜的确太冷了,也太漫长了。在这个关乎国家命运的寒夜里,有人失去了信仰,有人失去了生命,有人失去了亲人,有人失去了自我,也有人,自己也不知道自己究竟失去了什么,又或许什么都失去了。故事结局中活下来的曾树生,孤独地徘徊在寒夜里那条阴暗的街上,神情落寞,感慨万千。或许,此时的她内心是愧疚的,也是悔恨的。失去了丈夫,失去了儿子,失去了家庭的她早已千疮百孔,想要的自由与解脱难以实现,曾经温暖的家也支离破碎。物是人非,破镜难圆,"明天"对她来说似乎更加渺茫了,但这些究竟是谁造

1947年晨光出版公司出版的《寒夜》初版本

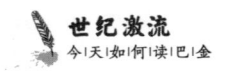

成的呢？是婆婆？是丈夫？是陈主任？还是她自己？或许她也没有答案。她一个人孤零零地消失在凄清的寒夜里，她的明天又会怎样？或许小说的结尾便是她命运的最好写照：夜的确太冷了，她需要温暖。

从早期的《家》到《寒夜》，巴金在现实主义的创作道路上不断精进，《寒夜》无论是在思想内容上还是在艺术表现上都体现出作家新的尝试和突破：不仅在题材的选择上更加深沉，切入的视角也不断打开，开掘出了自己的新天地。在情节和人物关系上，《寒夜》明显更为简洁集中，尽管是长篇小说，但整个故事的节奏更加紧凑，对人物情感世界的表现也更加细腻深入。特别是在语言上，巴金惯常用的呼号式、口号式甚至絮语式的战斗式语言变为充满温情的倾诉，叙述者的口吻更加冷静客观，加入了更多理性的成分。人物的语言也都不再充满狂热的战斗气息，而是更加接近生活，更加小心翼翼、沉静凝重。《寒夜》或许更应当被看作一部"家"的寓言。

小人物的命运沉浮

《寒夜》中,巴金重点塑造了三个人物形象:受过传统教育、具有旧式封建家长特征的汪母,接受了新式教育、追求自由解放的妻子,以及被黑暗现实压垮、性格懦弱的主人公汪文宣。无论是曾树生还是汪文宣,本质上都是在时代的重负下卑微前行的寻梦者。

巴金一生的文学创作中书写过不少女性形象,有的是旧式大家庭中的牺牲品,有的是敢于同命运抗争的新时代独立女性,曾树生便是后者中较为突出的一个。不同于出生在封建社会的汪母,她是受过五四新思想洗礼的一代人,温柔善良、聪明大方,充满理想与朝气,渴望创造不同于以往的新生活。在塑造这一人物时,巴金可谓匠心独运,伏笔千里。多次暗示的运用,一方面使得人物最终的命运显得顺理成章,不突兀;另一方面在读者和小说之间建立起一座隐蔽的"桥梁",让读者凭着想象挖掘小说背后隐藏的含义和作者的见解,从而达到"言有尽而意无穷"的效果。

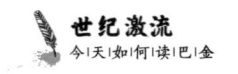

曾树生接受的是五四以来的新式文化教育。她的名字首先就很有独立的意味，正如舒婷《致橡树》中的名句一般，"我必须是你近旁的一株木棉，作为树的形象和你站在一起"。树生，像树一样自由生长，简单而质朴，充满生机与活力，刚好将一个受过大学教育、充满理想的女性形象衬托出来，这或许也是巴金塑造这一人物形象时的由衷期许。作为五四新思潮影响下的现代女性，曾树生追求自由、解放、活泼、快乐的生活，并不把应酬交际当作不可逾越的禁条，她赴宴、跳舞、满面春风，活得自在洒脱。她懂得反抗压在中国女性身上的令人窒息的封建思想，甚至敢于未举行婚礼便与汪文宣同居生子。这些惊世骇俗的举动是不合乎封建礼教的，由此可以看出曾树生有着很强的自主意识，为了自己的幸福敢于冲破世俗的偏见。追求自由、幸福与独立，受过高等教育的她不再对男性抱有幻想和奢望，而是希望能够拥有独立的思想，实现自己的人生价值，她是五四一代觉醒女性的代表。

而汪母则从旧堡垒中走来，接受过旧式传统教育的她无论如何也无法理解儿媳的所作所为，儿媳对自由的向往在她看来就是不守妇道，外出工作这样抛头露面的事特别容易让人说三道四，正常的男女社交是败坏风气的表现。她以封建礼教来要求媳妇，认为女性就不应该抛头露面出去工作，而是应该安心在家孝顺公婆、扶持丈夫、生儿育女，做一个贤妻良母。用

第四章
在《寒夜》里寻求光明

这种旧式的家规理法来约束和管教儿媳必然会导致双方激烈的争吵和家庭矛盾。看到曾树生打扮得光鲜亮丽出门社交，汪母极为不满，认为儿媳作风不正，甚至想将她扫地出门。当曾树生与儿子闹矛盾后离家出走时，汪母甚至还有点幸灾乐祸，巴不得儿媳不要回来。严格来讲，曾树生并不是传统意义上的好媳妇。作为儿媳，她不够温顺，也不够孝顺；作为人妻，她不够持家，也不够贤惠；作为母亲，她不够称职，也不够有责任心。可正如小说中汪文宣所说："她绝不是一个坏女人。"曾树生是一个矛盾的个体，她的身上既有陈白露一般小资产阶级的物欲追求，也有着新时代女性独立自主的决心。她正直且善良、独立又真诚，充满同理心；她爱动、爱热闹，期待着过"热情"的生活，追求物质享受，也有着自私、爱慕虚荣、好面子的一面。她朝气蓬勃，满怀斗志，追求个性解放和人格独立，是那个时代叛逆的寻梦者。即便是因忍受不了婆婆的言语攻击，离家出走去了兰州之后，她也没有忘记给家里寄钱，没有忘记自己的家庭责任和义务。她的出走只是企图在矛盾困境中拯救自己的一个不得已之举，她满怀无奈地跳出了固有的圈子回避矛盾，想要重新找回生活的价值和意义，却发现这一切都无法实现。

尽管迫于形势，汪母表面上承认了曾树生这个儿媳，但内心是完全不接受的。由于没有明媒正娶，她对儿媳始终是抵触

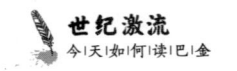

的，认为儿子、儿媳的婚姻不合礼法，没有三媒六聘，缺乏婚书，甚至连明确的结婚日期也没有，算不上明媒正娶。儿子儿媳从结婚伊始，汪母的心里便种下了不满的种子，她明里暗里不断强调自己是明媒正娶的，甚至用"姘头"这样难听的词来形容儿媳，表达了对这段婚姻的不认可。曾树生对婆婆的态度则是不卑不亢，认为婆婆是老古董，无权干涉年轻人的婚姻自由和人格独立。婆媳两人针锋相对，互不相让。二人的冲突实际上是两种文化观念的冲突。曾树生身上那种新时代独立女性的气息，是一种反规训、反父权、重自我、重平等的现代女性所特有的特征，同从封建堡垒中走来的汪母形成了鲜明对比。她的叛逆在更多意义上是一种五四价值观的回归，是对梦想的执着追寻，对自由平等的认可，对不合理制度的质疑与反抗。

整个《寒夜》几乎就是一曲知识分子的流亡挽歌，抗战的爆发，打破了他们原有的平静生活。汪文宣是旧时代底层知识分子的典型代表，他勤劳、宽厚、善良、正直，却饱受黑暗现实的无情折磨。原本怀有教育理想的他也在现实生活中被一点一点磨平了棱角。抗战爆发后，汪文宣携家眷逃难到重庆，在乱世中艰难维持生计。阶级的压迫和制度的压榨，使汪文宣深刻地意识到"百无一用是书生"这句话并非没有道理，在权贵面前，小人物生如蝼蚁、命如草芥，一文不值。汪文宣历经波折才在书局里谋了一个校对的差事，拿着几乎不够糊口的薪

第四章
在《寒夜》里寻求光明

水,还要经常忍受上司的刁难和同事的排挤。他处处忍让,委曲求全,却并没有使生活得到改善。汪文宣在遇到唐柏青时,看到他落魄悲伤的样子感同身受。唐柏青、汪文宣,一个励志著书,一个励志投身现代化教育,可是二人双双被生活的苦难和现实的压力侵蚀得千疮百孔。唐柏青不愿看清现实中满目疮痍的世界,整日酗酒消愁,企图用酒精麻痹自己,忘却痛苦和忧愁;汪文宣则通过幻想抗战的胜利来解除眼下生活的困顿和危机,每日循规蹈矩,试图用隐忍来抹淡现实的黯淡。阶级的压迫、制度的压榨,使得即使是有着宏大理想的人,解决不了温饱问题,理想也只是空谈。无论是在工作中还是在家庭生活中,汪文宣都是委曲求全的那一个,为了生存,他自卑到了骨子里。

曾树生是小资产阶级知识女性,工作环境同样对她不友好。她在一家银行当小职员,与丈夫的自由结合始终被婆婆不容,做着正经工作却被说成"花瓶",这不得不说是读书人的悲哀。婚后的曾树生也开始过一段新的生活,她向往自由与独立,每天化妆打扮自己,出入各种交际舞会,在灯红酒绿中释放自己。她和丈夫从婚前的思想一致到后来的思想对立,从最初的拥有共同的目标到后来过上各自不同的生活,夫妻矛盾在彼此的内心悄然滋长。曾树生不满丈夫的懦弱无能,丈夫不善言辞,不断隐忍,在处理母亲与妻子的关系时,每当冲突发生，汪文宣总是以自我折磨的方式休止"战争"，妻子长期积累的委屈和内心的压抑无从释放，汪文宣作为丈夫没有给自己的妻子应有的公平和安慰，这使曾树生从内心感到无助和失望，夫妻间的矛盾与日俱增，最终她忍无可忍，出走兰州。汪文宣和曾树生的婚姻悲剧，本质上也是两个青年寻梦的悲剧。在那个特定的年代自由结合的爱情是相当难得的，原本汪文宣和曾树生从教育系毕业时，对未来的生活充满了希望和憧憬，他们朝气蓬勃、意气风发，彼此相爱、相互尊重，是一对令人艳羡的自由恋爱结合的夫妻。他们有着共同的理想和追求，面对残酷的社会现实仍怀有教育兴国的想法，本想扎扎实实干出一番成就，为中国的教育事业做出贡献，他们满怀理想地走出校园，甚至还立志建设乡村化、家庭化的学堂。遗憾的是，希望是光明的，现实却是残酷的，在战火纷飞、动荡不安的年代，平凡琐碎的日常生活一步步摧毁了他们的感情基础，最初的共同理想已被现实打压的消失殆尽，他们的爱情也渐行渐远。在旧社会里勤勤恳恳工作了这么多年，生活不但没有得到改善，地位还越来越低，人的意志也不得不消沉。

汪母也曾经是个知书达理的旧式知识女性，现在却要靠着贬低儿媳来维护自己的优越感。多年以来一直和儿子相依为命的她，看到儿子成家后立刻察觉到了危机感，可以说，她对儿子所谓的关怀已经发展为一种掌控欲，对儿媳的恶语相向

第四章
在《寒夜》里寻求光明

实际上是想要维护自己的权威,为心理失落寻找安慰。在妻子和母亲之间,汪文宣两头受气,终日夹在中间备受煎熬,身心俱疲,最终只能走向悲剧的深渊。汪文宣代表着底层的知识分子,他们兢兢业业、安分守己,也愿意踏踏实实地为自己的理想奋斗,但在当时的环境背景下想要实现理想显然是不现实的。即使是在日寇投降、抗战胜利后,国统区中的阶级矛盾仍然像一道鸿沟,割裂了人与人之间的温情,底层人民依旧是被压迫和被剥削的对象,他们看不到希望,既无力摆脱困境,也无法奔向光明。知识分子如何能在这样的环境中生存,也是巴金通过这部小说有意留给读者思考的问题。

巴金写于抗战时期的散文《灯》

《灯》,见高级中学课本《语文》第一册(必修),人民教育出版社1990年版;后来被1997年版供"两省一市"试验用的《语文》第三册和2000年版供全国用的"试验修订本"《语文》第三册继续选用。文章写于1942年,正是中国抗日战争艰苦卓绝的年代,巴金在西南一带颠沛辗转,精神疲惫,同时又感受到全民族空前的抗战士气,希望之光未曾在他的心头熄灭,他写暗夜的"灯",其实隐含深刻的思想感情。巴金曾在"文革"后回忆这篇文章,关于写作背景,他指出:"这篇文章

世纪激流
今天如何读巴金

写于太平洋战争爆发、日本人占领香港的时候。"关于写作意旨，他说道："'灯''灯光'主要的寓意是指光明，是指对光明的向往。"后来新版高中语文课本为了革新面目不再选用此文。原文节选如下：

我应该感谢这些我不知道姓名的人家的灯光。

他们点灯不是为我，在他们的梦寐中也不会出现我的影子。但是我的心仍然得到了益处。我爱这样的灯光。几盏灯甚或一盏灯的微光固然不能照彻黑暗，可是它也会给寒夜里一些不眠的人带来一点勇气，一点温暖。

孤寂的海上的灯塔挽救了许多船只的沉没，任何航行的船只都可以得到那灯光的指引。哈里希岛上的姐姐为着弟弟点在窗前的长夜孤灯，虽然不曾唤回那个航海远去的弟弟，可是不少捕鱼归来的邻人都得到了它的帮助。

再回溯到远古的年代去。古希腊女教士希洛点燃的火炬照亮了每夜泅过海峡来的利安得尔的眼睛。有一个夜晚暴风雨把火炬弄灭了，让那个勇敢的情人溺死在海里。但是熊熊的火光至今还隐约地亮在我们的眼前，似乎那火炬并没有跟着殉情的古美人永沉海底。

这些光都不是为我燃着的，可是连我也分到了它们的一点恩泽——一点光，一点热。光驱散了我心灵里的黑暗，热促成它的发育。一个朋友说："我们不是单靠吃米活着。"我自然也

第四章
在《寒夜》里寻求光明

是如此。我的心常常在黑暗的海上漂浮，要不是得着灯光的指引，它有一天也会永沉海底。

我想起了另一位友人的故事：他怀着满心难治的伤痛和必死之心，投到江南的一条河里。到了水中，他听见一声叫喊（"救人啊！"），看见一点灯光，模糊中他还听见一阵喧闹，以后便失去知觉。醒过来时他发觉自己躺在一个陌生人的家中，桌上一盏油灯，眼前几张诚恳、亲切的脸。"这人间毕竟还有温暖"，他感激地想着，从此他改变了生活态度。"绝望"没有了，"悲观"消失了，他成了一个热爱生命的积极的人。这已经是二三十年前的事了。我最近还见到这位朋友。那一点灯光居然鼓舞一个出门求死的人多活了这许多年，而且使他到现在还活得健壮。我没有跟他重谈起灯光的话。但是我想，那一点微光一定还在他的心灵中摇晃。

在这人间，灯光是不会灭的——我想着，想着，不觉对着山那边微笑了。

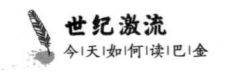

沉重的精神跋涉

在特定的时代背景下,这一时期的巴金笔锋急转,小说创作风格也从抗战初期的讴歌英雄、宣传抗战"向内转",重点开始对国民党统治区进行批判和揭露,作品主人公也逐渐由封建大家庭家长转向下层市民以及小人物。巴金更多地将自己的视线移到普通市民街头巷尾的日常生活场景上,首先通过对小人物平凡琐碎的日常描写来抨击令人崩溃和黑暗的社会制度;其次通过平凡的现实生活和自身感受,并结合日常生活中的细微观察与描摹,更好地体现了其作品严峻的现实主义风格;最后通过小人物悲惨的生活境遇来透视整个时代的悲剧。《寒夜》就是这样一部以日常生活中琐细的动作和细腻的心理描写来揭示人物性格的小说,完美地塑造了一个被社会现实打压的小公务员的悲剧形象,主人公汪文宣从最初的意气风发、有血有肉、怀有崇高社会理想的有志青年,到希望破灭、家庭矛盾、疾病缠身的悲剧形象,并最终走向死亡的悲惨结局,揭示出造成个人悲剧的时代根源。

第四章
在《寒夜》里寻求光明

汪文宣拿着可怜的薪水，仅仅够勉强维持每日的家庭开销。最终，他不堪生活的重负，积劳成疾身患重病，看着自己一次又一次咳出的血痰他是那样忧虑和无助，尽管如此，他还是将头深埋在自己那块儿不大的小桌子上，"把这张校样看完翻过去了"。每日面对着单调且令人厌烦的校样却又拼命地工作，为了那微薄的工资，为了养家糊口，"我的血快要流尽了"，心中的愤怒不言而喻却又一刻不敢停歇。虽然卖命地工作，但他依然没有得到公平的待遇，依然遭人鄙视，最后反而被辞退，这彻底将一个苦苦挣扎的灵魂推向了死亡的深渊。

纵观《寒夜》全书不难发现，正如小说的名字那般，战争一直是笼罩在每个人身上的"寒夜"。整个城市弥漫在硝烟中，没有了以往行人往来不绝、车水马龙的繁荣景象，有的只是一片狼藉和凄凉，老百姓的生命财产谈不上任何保障，时常处于惊恐的状态中。小说中汪文宣就连做梦都是躲警报的惊险情景。生活在社会底层的汪文宣，既没有权也没有势，收入微薄，像大多数人一样在战乱中无处藏身，生活的窘迫促使他几乎"卖命式"地工作，但仍然难以支付家庭的开支。孩子上学要花钱，自己的医药费也要花钱，被生活压得不堪重负的他早已透支了自己的身体，得了肺痨，又因家庭拮据耽误了治疗，最终病重而亡。他的死和庆贺抗战胜利的欢呼雀跃的人们形成了鲜明的对比。正如书中所描述的那样，生病、上班、吵架、

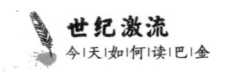

醉酒、躲警报，这样的事情几乎每天都在上演，数见不鲜。战争失利，人心惶惶，底层人民生活困顿，现实中像汪文宣一样的小人物似乎每天都在诉苦和挣扎。汪文宣就是生活在这种战争弥漫的社会环境中，他的人生就是一本字字血泪的泣血书，一出充满哀伤的社会悲剧。同样，作为深受五四新思想熏陶的新时代女性，曾树生虽然勇敢地离家出走，去追寻温暖和光明，但是始终逃脱不了时代的打压。故事的结尾，她一个人孤独地走在寒夜里，导致其不幸的深层原因就在于她想要沉痛控诉的旧社会和旧制度。

读完《寒夜》，有人认为这是一部悲观、绝望的作品：书中的主要人物——汪文宣、曾树生、汪母的生活都十分痛苦和无奈，故事中的矛盾与冲突十分频繁与激烈，人性受到了严重的扭曲。有意思的是，不同读者对这一作品主题的理解千差万别。据巴金的侄子李致回忆，在一次散步时，巴金同他讲过："在《寒夜》日译本的'书带'上，有人指出这是一本充满希望的书，法国也有读者说，读了《寒夜》，他感到光明。"[①]究竟是"寒夜"还是"光明"，是很值得玩味的。对此，巴金自己曾说过他写《寒夜》与《激流》不同，不在于鞭笞故事中的人物，而在于控诉旧制度，抨击那使善良的人遭受苦难的旧

---

① 李致.《寒夜》与光明//我与巴金.成都：四川人民出版社，2019：61.

第四章 在《寒夜》里寻求光明

社会，将国民党统治下真实的社会状况撕开给人看。书中的人物谁是好人、谁是坏人也没有清晰的划分，每个人都有令人同情的地方，也有足以令人诟病之处。究竟什么是好，什么是坏，谁也说不清楚。巴金对小说中的人物没有责备，他站在一个更高的视角来审视当时的旧社会、旧制度。蒋介石领导下的国统区几乎就是人间炼狱，老无所依，幼无所养，好人得不到善终，恩爱夫妻最终天人永隔，善恶有报在那样的时代背景下就是一句空话。国统区的政治环境黑暗压抑，经济方面则物价飞涨、民生凋敝，可想而知，那些生活在社会底层的小人物在这种社会环境下的处境是何等艰难。而控诉的目的在于警醒世人，在于呼唤光明的到来。对卑微生存的普通人来说，漫长的黑夜不知何时结束才是最煎熬的。与其等待着被黑夜吞噬，不如主动去寻找光明，哪怕只是微光，至少能给人以希望。

巴金是擅长写"家"的圣手，如果说"激流三部曲"是关于青年如何走出家庭的故事，《憩园》是关于如何教育子女的故事，《团圆》是关于亲生父母与养父母、血缘和情缘关系的故事，那么《寒夜》则是关于夫妻关系与婆媳关系的故事。当然，这样的概括不足以容纳作品的丰富内涵，但不得不指出的是，这几部作品有着明确的贯穿始终的线索，那就是"家"。家庭是社会结构的基本构成单位，家庭成员间的特殊关系也可以看作某种社会关系的缩影。祖孙关系、亲子关系、婆媳关

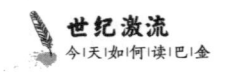

系、夫妻关系、姑嫂关系、叔侄关系、兄弟姐妹关系等，都是家庭中的重要关系，而在巴金的作品中，我们几乎可以看到他对所有这些关系的描摹和处理。无论是《家》中高老太爷和儿孙辈的关系、"克"字辈兄弟各房之间的纠葛、"觉"字辈兄弟之间的关系，还是《憩园》中所表现的姚家和杨家两家孩子不同的成长环境和性格塑造、继母与继子的关系，又或是《寒夜》中的汪文宣夫妇的关系、曾树生与婆婆汪母的关系，以及《团圆》中王芳的养父王复标和亲生父亲王主任之间的关系，我们都能从中看出巴金对家庭关系中一系列复杂问题的思考。或许，巴金的初衷仅仅是表现自己所看到和感受到的家庭因素的复杂，通过真实家庭中的一些琐事来探寻其背后更为深刻的社会主题，其目的并不在于为家庭关系的改善提供指导和开出药方，而巴金的写作，无论从哪种程度上讲，都不自觉地在朝着这个方向努力，即从看似平凡零散甚至是鸡零狗碎的家庭生活中寻求更为深广的意义。

不过，令人感到疑惑的是，巴金创作《寒夜》时正处在蜜月时期，他为何会创作这样一部充满了婚姻悲剧色彩的作品呢？作品中的婆媳矛盾等家庭问题如此细致入微，是否暗含着巴金对于婚姻生活的担忧和恐惧？巴金曾多次在创作谈类的文章中提到过《寒夜》的创作背景，新婚燕尔的巴金和萧珊当时生活在"陪都"重庆，深感时代的沉重和小人物的无能为力。

第四章
在《寒夜》里寻求光明

《寒夜》这部作品正如它的名字一般，会让看过它的每一名读者都感受到沁入骨子里的一股"寒意"：社会的残酷、人情的冷淡、亲情的畸形、爱情的卑微……这些都使得作品中的悲剧色彩更加浓重。抗战胜利的到来也宣告了主人公的死亡，这一带有讽刺意味的结局既是一种悲哀和控诉，又是一种终止和希望。巴金创作这部作品时的心情是复杂的，新婚的喜悦在很大程度上被战争冲淡，与妻子相恋多年，两人早已过了浓情蜜意的热恋期，新婚后不久，巴金和萧珊便经历了一场小别，巴金独自一人留在贵阳，还做了一场小手术，心中的凄凉可想而知。1944年至1946年期间，巴金又失去了几位挚交好友，王鲁彦、缪崇群等都在贫病交加中接连去世，这些朋友与巴金相识多年，彼此熟悉、相互扶持，更像是人生道路上并肩作战的战友，听闻他们的惨淡结局，巴金内心凄然，不禁悲从中来。小知识分子在乱世中的悲惨命运，成为触发他创作《寒夜》的一个关键点。1945年，巴金的三哥病危，妻子又即将临产。接到消息的巴金万分着急，但由于当时交通不畅，无权无势的平民百姓更是寸步难行，因此在等待了几个月之后，巴金才辗转回到上海见到了三哥，但此时的三哥已经到了弥留之际，没过几天就去世了。三哥的离世给了巴金精神上又一沉重打击，让他不禁思索时代、社会和命运的不公。像三哥和好友这样接受过五四洗礼的知识分子，一生都在追求自由民主，也愿意投身到

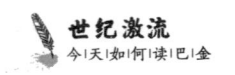

时代的浪潮中奉献自我。他们为了心中的理想抱负奉献了一生的才华和智慧，却丝毫没有得到时代的回报，他们老实本分，兢兢业业，但仍然摆脱不了贫困、病痛。时代的一粒灰尘，落在每一个人身上都是一座山。这些逝去的生命，有谁会心疼？又会有谁来补偿？巴金仿佛在他们的身上看到了自己的命运，看到了成千上万小知识分子的卑微，看到了时代浪潮中最残酷的一面。从这一意义上来讲，《寒夜》更像是巴金写给自己的一曲挽歌，这部作品所蕴含的悲剧意义和开放性结局发人深省、耐人寻味。今天我们读《寒夜》，不仅是为了接近那个时代，在时代的投影中解读小人物的命运，更要从故事中看到奋斗的自己，从而更好地为自己的理想目标找寻精神出路。

【我来品说】

1. 从上文的分析中，你认为巴金是一个悲观主义者吗？
2. 你读过巴金的《寒夜》吗？你认为其中的哪个人物形象塑造得最为成功？

第五章 《团圆》中的人性光辉

> **导读**
>
> 1949年,新中国成立,建设社会主义国家的时代热情时刻感召、鼓舞着巴金。在新的时代背景下,旧时代阴霾里浓云密布的"家"很少在巴金笔下出现了,他开始逐渐实现了创作主题的转型,但"家"的情结依然在巴金的心底挥之不去,构成了巴金创作中一个隐秘的情结。到了20世纪50年代,巴金亲历了朝鲜战场的风火狼烟,目睹了在战火纷飞中涌现出的数不清的感天动地的英雄事迹,他心底深处"家"的情结再一次被激活了。1961年,巴金笔下一个新的"家"的故事诞生了,这就是后来被拍摄成电影《英雄儿女》的短篇小说《团圆》。

1950年6月，朝鲜战争全面爆发。成立伊始的中华人民共和国面临着内忧外患，不得不仓促应战、毅然出兵。抗美援朝战争就此拉开帷幕。这场战争深刻影响了之后的世界格局。文学往往是战争的记录者和见证者，几乎每一场战争都少不了文学的身影。几十年来，一大批优秀作品通过各具特色的叙述与抒情，不断反思着这场战火中的人类命运。这些作品一次又一次将读者拉回到当年的情景中，用文学与艺术的力量重新唤起人们的历史记忆。

70多年前的这场战争，是刚成立的新中国在还不具备成熟作战条件的情况下被迫卷入的一场战争。一方面，它是一场保家卫国的正义之战；另一方面，它也是一场以弱胜强的奇迹之战。在这场战争中，无数的志愿军将士埋骨沙场，无数的鲜活生命骤然凋零，无数的家庭失去了丈夫、孩子。这场战争是新中国成立伊始中国人民面临的一大严峻挑战。"打得一拳开，免得百拳来"，正是在这样

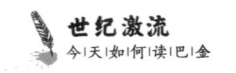

的信念的指引下，中国人民志愿军用他们的热血和赤诚，在异国他乡的土地上书写了一部部可歌可泣的悲壮诗篇。巴金、魏巍、陆柱国等著名作家和记者都曾奔赴前线，创作出了一系列优秀的战地作品。《团圆》《谁是最可爱的人》《上甘岭》等一部部反映这场战争的文学作品，历经时光的淘洗，感动着一代又一代人；这些作品所承载的大无畏的英雄主义精神激励了无数浴血奋战的战士，也极大地调动了中国人民的民族凝聚力和爱国热情；这一时期产生的不少作品后来更是成为永恒的红色经典，在新文学长河中留下了浓墨重彩的一笔。70多年来，抗美援朝战争中一个个可歌可泣的故事也不时牵动着后辈作家们的心弦，不断有新的作品涌现。若是对这些年来相关题材的作品进行回顾，不难发现，随着历史语境的变化和文学潮流的更新、嬗变，不同年代、不同阶段的作家在描绘抗美援朝战争时往往呈现出不同的面貌，作品的文学观念、题材、人物塑造、主题思想、文体形式、表现技巧等方面亦呈现出不同的特点，但有一点是占据主流的，那就是对革命英雄主义精神的弘扬，以及对英雄的歌唱。巴金，正是以他独特的文学笔触，记录了这场战争中的风风雨雨。

两次奔赴朝鲜战场

20世纪50年代初，巴金曾两次奔赴朝鲜战场，跟随志愿军深入前沿阵地，进行实地采访。1952年至1953年期间，巴金先后创作了多篇优秀的通讯及报告文学。在这一年多时间里，巴金与志愿军的战士和干部们同吃同住，结下了深厚的情谊，这些"朝鲜战地的朋友"令巴金终生难忘。巴金第一次去朝鲜是在1952年3月，当时，巴金带领的访问团受全国文联的委派，奔赴朝鲜战场前线进行采访。在这段时间里，年近半百的巴金曾先后随部队到过平壤和开城。那时的他已经48岁，在同行的17人当中年龄最大。如今，从当时拍摄的照片里，我们仍然能够感受到巴金一贯的热情。他上身穿着军装，下身穿着马裤，目光坚毅却和善，脸上时常带着微笑。在朝鲜战场上，巴金去过好几个连队，其中有不少连队还位于最前线。不管走到哪里，巴金总是谦虚地和周围人说："我是来学习的！"在战场上，巴金总是能够和战士们迅速建立起友谊，连队给巴金准

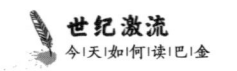

备了小灶,但是巴金第一天就撤了小灶,和战士们一起吃饭。刚开始大家还尊敬地称呼巴金为巴作家、巴金老师,后来慢慢熟悉了,有的小战士甚至干脆放肆地叫起了"老巴",巴金对此总是笑而不语。在朝鲜的大多数时间,巴金都和志愿军战士们待在一起,无论士兵还是将领,都是巴金关注的对象。体察他们的生活,记录他们的战地岁月,描绘战场上可歌可泣的英雄事迹,书写他们的命运,为每一个平凡又可爱的志愿军战士撰文,巴金在这里一待就是七个多月。

巴金入朝后便立刻以饱满的热情投入工作状态中,没几天就完成了两篇文章。首篇文章是巴金根据在朝鲜战场上见到时任中国人民志愿军司令员的彭德怀的真实经历写成的。巴金非常重视这篇文章,多次修改才将其发表。1952年3月22日,彭德怀在朝鲜的战地山洞里会见了巴金领头的文艺工作者一行人。彭德怀司令见到他们时,只见满屋子的文人身着军装,一个个精神抖擞、英姿飒爽。彭德怀笑着说:"你们都武装起来了!"原来,一到朝鲜,包括巴金在内的文艺工作者们就立马换上了志愿军军装,做好了深入战地的准备。为了安全,他们还给自己起了化名,像巴金就化名"李林",除了个别首长,知道他真实身份的人并不多。这次会面给了巴金极大的精神鼓舞,25日晚上,巴金难掩内心的激动,挥笔写下了《我们会见了彭德怀司令员》这篇文章。文章中的彭德怀司令朴实而刚毅,目光坚定、神采飞扬,有着军人特有的气质,他那亲切的态度、必胜的信念和对祖国与人民的热爱给读者留下了深刻的印象。彭德怀是抗美援朝文学中最常被描绘的高级将领形象。巴金文章中对彭德怀的赞颂在当时脍炙人口、广为传颂。写完这篇文章之后,巴金便来到连队生活了。

翌日,在志愿军司令部举行的一场欢迎"细菌战调查团"的仪式上,巴金有幸再一次近距离接触彭德怀司令。相比初次见面的激动,这一次巴金更为关注彭德怀司令的演讲本身,同时也深深地被志愿军战士们高昂的革命英雄主义情怀震撼。当天晚上,巴金连夜对这篇文章进行了润色。第二天一早,巴金便兴冲冲地把新鲜出炉的文章交给创作组的成员们,请他们提出意见,再次修改后将文章寄给了新华社,准备发表。不料没过多久,彭德怀司令给巴金寄来一封信,认为文章把他太过夸大了,希望能够做出修改。信中这样写道:

巴金同志:

"像长者对子弟讲话"一句改为"像和睦家庭中亲人谈话似的",我很希望这样改一下,不知允许否?其实,我是一个

世纪激流
今|天|如|何|读|巴|金

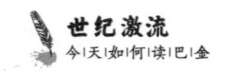

很渺小的人，把我写得太大了一些，使我有些害怕！

致以同志之礼！

彭德怀

三月二十八日①

巴金非常尊重彭德怀司令的意见，立刻将那句话改成了"像和睦家庭中的亲人谈话似的对我们从容地谈起来"。这样一来，彭德怀的形象显得更为亲切和善、平易近人。彭德怀为巴金改文章这件事一时也传为美谈。

《我们会见了彭德怀司令员》中描写彭德怀的片段

……他不愿意别人多提他的名字，可是全世界的人民都尊敬他为一个伟大的和平战士。全世界的母亲都感谢他，因为他救了朝鲜的母亲和孩子。全中国的人民都愿意到他面前说一句感谢的话，因为他保护着祖国的母亲和孩子们的和平生活。拿他对世界和平的贡献来说，拿他的保卫祖国的功勋来说，我们在他面前实在显得太渺小了。所以在听见脚步声逼近的时候，一种不敢接近他的敬畏的感觉，使我们突然紧张起来。

---

① 彭德怀为巴金改文章. 党史纵览，2002（3）：47.

第五章
《团圆》中的人性光辉

他进来了,我们注意的眼睛并没有看清楚他是怎样进来的。一身简单的军服,一张朴实的工人的脸,他站在我们面前显得很高大和年轻。他给我们行了一个军礼,用和善的眼光望着我们微笑着说:"你们都武装起来了!"就在这一瞬间,他跟我们中间的距离忽然缩短了消逝了。

我们亲切地跟他握了手,他端了一把椅子在桌子旁边坐下来,我们也在板凳上坐下了。他拿左手抓住椅背,右手按住桌沿,像和睦家庭中的亲人谈话似的对我们从容地谈起来。

…………

他的明亮的眼睛射出一种逼人的光,我们看出来他对美帝国主义者的憎恨跟他对朝鲜人民的热爱是一样的深。他有点激动了,摘下军帽放在桌子上,露出了头上的一些很短的白发。这些白发使我们记起他的年纪,记起他过去那许多光辉的战绩。我们更注意地望着他,好像要把他的一切都吸收进我们的眼底。大部分的同志都不记笔记了,美术组的同志也忘了使用他们的画笔,为的是不愿意分散他们的注意力。

除了这篇文章,巴金还创作了大量的战地日记,记录下了战场上的感人故事,其中有不少是在掩体里完成的,具有相当的史料价值。一有空时,巴金也不忘给远在万里之外的妻子报

世纪激流
今|天|如|何|读|巴|金

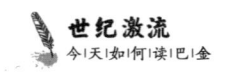

平安。在一封家书里，巴金对妻子表达了自己在工作上的遗憾和愧疚，当时他已经领到抗美援朝纪念章，但巴金认为自己还没有好好深入生活，还没有写出真正让自己满意的作品。实际上，巴金在这一年的10个月里始终都在争分夺秒地工作，丝毫没有松懈。回国之前，他将在朝鲜完成的作品汇集成册，编写成《生活在英雄们的中间》散文特写集。巴金对自己的创作状况并不是很满意，认为自己本应当创作出更多作品。在这本散文集的《后记》中，他真诚地写道：

在朝鲜住了七个月，就只写了这短短的十一篇文章。自然应该写的东西是很多的，至少我还可以写一本小书，而我还打算写更多的作品，但是即使写出十倍多、二十倍多的作品，我也写不完这些日子里激动我的心的感情。我找不出适当的话来感谢我在朝鲜遇见的每个志愿军的指挥员、战斗员、机关干部、勤杂人员和文工团宣传队的男女同志。我称他们作朝鲜战地的朋友。我愿意把我的第一本朝鲜通讯集子献给他们。①

回国后，尽管琐事繁杂，但巴金仍感到意难平，在朝鲜的点点滴滴的回忆不断浮现在他的脑海里，强烈的情感如同

---

① 巴金.生活在英雄们的中间.济南：山东画报出版社，2023：151-152.

火焰一般在心口燃烧，不吐不快。不久之后，短篇小说集《英雄的故事》诞生了，这是一部以战斗英雄为主人公的小说集，其中的《黄文元同志》《坚强战士》等都反响强烈。几年后，他在答复一名读者的公开信中回忆道，其实创作这些短篇小说时心情非常沉重，写作进度很慢，文思也比较迟钝，一度遇到瓶颈。小说中人物的遭遇仿佛刻在了他的脑子里，令他痛苦不已，英雄卧在地上、靠着两只肘拐和一条右腿爬行的场面久久萦绕在他的脑海中，挥之不去。小说发表之后，也有一些批评的声音，说读起来太沉闷、令人痛苦了。其实，这种沉闷并不是小说写得不好，而正是小说写得生动、写得出彩，才会令读到的人沉浸在悲伤中，不忍卒读。

1953年8月中旬，在朝鲜停战半个月后，巴金再一次入朝采访，这次一共在朝鲜停留了150天，其间创作了《入朝散记》等反映战场事迹的文章。与上次不同的是，这次入朝只有他一人单独前往，并且是他自己主动申请的。巴金这次出行颇费了一些周折，由于手续的办理比较烦琐，他等得有点心烦意乱，也更加想念在战场上交到的朋友们，他迫切地希望早日到达朝鲜。巴金一再强调，写作是因为心中有许多感情，而不是因为有才华。不写出像样的作品，他死不瞑目。这次下部队巴金就比较有经验了，也很快找到了写作的感觉。

同第一次归国之后出版《生活在英雄们的中间》一样，第

世纪激流
今天如何读巴金

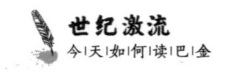

二次离朝回国后,巴金又编写了一本名叫《保卫和平的人们》的散文特写集。在"代序"里他回忆道,当年离开志愿军的时候,政委对他说:"千万不要忘记自己是这个兵团的人啊!"这句话令巴金久久不能忘怀,他很高兴自己被大家接纳,能够成为'大家庭'的一分子是莫大的幸福。志愿军战士将巴金当作"自家人",巴金也像想念亲人朋友一样想念他们,他们忘我奉献的精神时刻激励着他。

　　这次在朝鲜,巴金又有了一些新的收获和体悟,还和一些小朋友交了朋友,并创作了《活命草》《明珠和玉姬》等作品,来纪念在朝生活期间认识的朝鲜小朋友。巴金不止一次说起他创作抗美援朝题材作品的初衷,写作这些作品就像故地重游、旧梦重温。每次写作都仿佛身临其境,回到了当年当时的场景中,那一个个令人尊敬的人,那一幕幕激动人心的感人场面,那一次次奋不顾身的冲锋陷阱,都让他感到震撼,成为他生命中不可多得的财富。此外,这次入朝后,他还创作了一部十多万字的中篇小说《三同志》。可惜,由于当时没有达到自己预期的创作目标,他便暂时没有发表这部作品,想日后成熟了另做打算。不曾料到再次有机会提笔,已经是多年之后的事了。他将旧稿找出来想重新修改,却发现早已没有了当年创作时的心境,不得已便作罢,这不得不说是一大遗憾。为此,巴金重新创作了另一部短篇小说《杨林同志》,这是巴金创作后

126

期唯一的一篇短篇小说,也是他抗美援朝题材系列小说中的收官之作。

直到晚年,巴金仍然对两次入朝经历念念不忘。在朝鲜,巴金体会到了人与人之间美好真挚的情感,看到了不同民族之间互帮互助的善良与友爱。在他看来,在朝鲜的时光是写作生涯中不可多得的"空窗期",尽管没有太多作品,但他写下了不少日记。这些日记后来被整理成了《赴朝日记》,收录在《巴金全集》中。巴金不止一次提起,那些战争年代的珍贵记忆对他的后半生产生了很大的影响。其实,当年他还准备第三次入朝,可惜事与愿违,最终没有实现。

巴金早年便接受了无政府主义思想,同时,他也提倡人道主义,是个充满干劲的理想主义者,更是一个不折不扣的爱国主义者。无论是在抗日战争、解放战争时期还是在抗美援朝战争时期,巴金都自觉将个人荣辱与国家民族命运牵连在一起,以笔为枪,热情投入民族救亡、争取民族独立和解放的运动之中,用生花的妙笔,将革命的英雄主义和爱国主义精神深深种在了人们心里。

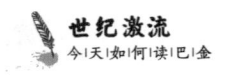

呼唤和平的英雄儿女们

战争文学，必然会涉及如何书写交战双方人民的问题。在这一问题上，作家们的基本立场几乎都是极尽描摹战争的惨烈，歌颂被侵略一方人民顽强抵抗、不屈不挠的精神。具体到朝鲜战争，则大多集中在书写中朝两国军民同仇敌忾、反抗侵略的悲壮斗争上。一般而言，在绝大多数作品中，敌人眼光凶恶、面目狰狞，如豺狼虎豹、毒蛇猛兽一般令人害怕，大多是穷凶极恶的"吸血鬼"，战场则是寸草不生的荒蛮之地，战争往往是毫无温情的"绞肉机"。这样的人物设定和场面描写仿佛固定的模式，几乎构成了战争书写的"惯例"，其中能够给人留下深刻印象的人物形象并不多。而巴金的小说，在这样的模式中就显得较为"另类"，同样是书写英雄人物，同样是描绘战争场景，巴金的不同之处在于对家庭关系的思考和对人性的挖掘。战争在巴金这里仅仅是一种不可回避的符号、一个特定的场景设置，而在写"人"的问题上的深入思考，才是巴金的过人之处。正是对"家"、对人的一贯关注，使得巴金在描写

第五章
《团圆》中的人性光辉

这场战争时相较之前的写作在更大程度上做了更加深入的主题开掘，也实现了更为感人的情感书写。

短篇小说《团圆》是巴金创作的抗美援朝题材作品中最为出色的一篇。巴金的创作才华在这篇小说中得到了淋漓尽致的展现，多年的积淀和两次赴朝采访经历一下子被打通了，战场上的英雄、脑海中挥之不去的"家"，在新的历史时空中碰撞出了新的火花。在巴金的短篇小说中，这部作品是当之无愧的经典。

1961年，这篇小说在《上海文学》8月号上与读者见面。尽管这不是一篇"应时"的作品，抗美援朝战争早已结束，志愿军也早已回国，但它仍然在当时引发了巨大的关注。小说中，正面战场的惨烈战况并不是故事的"主角"，从某种程度上说，这篇小说实际上仍然是巴金对"家"这一主题的一次创作"远征"。时代的宏大话语和残酷的战争更多是作为一种背景、一种故事发生的时空场域，巴金不自觉地延续了早期文学创作的一贯主题——"家"，并且在新的时代背景下赋予"家"新的意义，从而巧妙地将个人和国家联系起来，将家庭的命运和国家的命运联系起来。在这个意义上，巴金从不曾辜负自己的使命和初心，巴金心中那由来已久的"家"的情结在这部作品中再次得以升华。"家"的意象是巴金的文学创作中一个相当明显的母题，挖掘"家"对于人、对于社会，乃至对于

世纪激流
今|天|如|何|读|巴|金

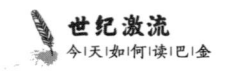

整个世界的意义是巴金一贯的创作追求。在逝者如斯的文学历史长河中，巴金始终挥动着自己"爱"的翅膀，在人性的广阔天地间不断翱翔、探索和深入，他想要追寻的，是超越时代、超越地域的"家"。

《团圆》讲述了一个关于"小家"与"大家"的亲情故事：

"我"在朝鲜前线体验生活期间，与中国人民志愿军某部政治部主任王东相识，闲暇时候，王主任总会给"我"讲一些战士们的故事。其中一个故事引起了"我"的兴趣。故事的主人公王芳是当时连队里很受欢迎的一名女战士，她识文断字、文笔很好，还在文工团待过，能歌善舞、多才多艺。说起她来，人人都赞不绝口。特别是王主任对王芳异常关切，这引起了"我"的好奇。经过再三询问，王主任才讲了他的故事。原来，王主任是王芳的亲生父亲，只不过王芳本人还不知道。20年前，王东一家举家搬到上海，日子过得很拮据。屋漏偏逢连夜雨，王东的妻子在遭到几个外国水兵殴打后，不久就去世了，只留下王东既当爹又当妈，独自抚养一岁的女儿王芳。邻居王复标夫妇看到王东一家的悲惨遭遇后，经常帮助接济王东一家。后来，王东又不幸被捕入狱，王复标夫妇便主动照顾起了王芳，对王芳视如己出，将她抚养成人。王东出狱后一直没有打听到女儿的下落。再后来，他加入了革命队伍，多年来一

第五章
《团圆》中的人性光辉

直东征西战、四处奔走。来到朝鲜战场后,偶然遇到战士王成,发现对方竟然就是当年邻居王家夫妇的儿子。王成告诉王主任,王芳也在朝鲜。尽管女儿近在咫尺,王主任却不好立刻相认。在与王芳的交谈中,王主任得知这些年来王家人一直把女儿照顾得很好,出于对王家人的感激和尊重,王主任决定先暂时不和王芳相认。因此,他一直隐忍不说,等待机会。后来,王芳的养父王复标来到朝鲜慰问,两个父亲竟然意外在战场上重逢了,王芳也一下子有了两个父亲。这个由军人和工人组成的特殊家庭,终于在异国他乡的战场上团圆了。

《团圆》最为精彩之处有以下三个方面:一是人性光辉的体现。相比起巴金其他长篇小说来讲,《团圆》在篇幅上非常短小,但在巴金一生所创作的有关"家"的故事中,这篇短篇小说却占据着极其重要的地位。如果说早期的《家》是巴金最重要的代表作,影响了几代中国人的思想和命运的话,那么《团圆》同样不可忽略,因为它闪耀着的人性光辉深深震撼了人们的内心世界,对20世纪60年代及之后几代人的价值观塑造起到了重要作用。小说中一个个鲜活、亲切的人物形象,让人难以忘怀,给人无尽的力量。无论原作还是影片,其中展现的人性光辉都令人肃然起敬。为了战争胜利而牺牲生命的王成,一句"为了胜利,向我开炮"的喊声响彻云霄,善良热心、坚毅朴实的老工人王复标，对毫无血缘关系的女儿倍加珍爱，在这些看似平凡的小人物身上，恰恰体现着一个民族最宝贵的品质。以抗美援朝战争为题材的文学作品，大都会涉及对志愿军高级将领的塑造，与其他作品中的高级将领相比，《团圆》中的王东显得有些"另类"。他慈爱而不张扬，隐忍而不冲动，面对近在眼前却不能相认的女儿，他展示出的克制与体谅令人心疼，他的慈爱与坚毅也让无数读者为之动容。在众多家庭类型中，恰恰是由王东、王芳、王成、王复标等人组成的这个兼具血缘与情缘的家庭最让读者难忘，这个家庭既普通又独特，虽骨肉分离，却充满人情味。在千千万万个家庭中，这一家庭让更多的读者开始思考家和亲情的意义。

　　二是故事情节的安排。正如小说的题目《团圆》那样，故事的结局是大团圆，尽管过程充满了戏剧性，但结局是圆满的。分别20年的父女偶然"团圆"，不禁让人感叹命运无常中的意外惊喜，特别是当这个惊喜发生在战争背景下，就更加令人感到不可思议了。战争中往往充满亲人离散的悲伤，巴金却富有创意地营造了一个温情的重逢故事；父女二人在经历了长达20年的分离后，竟然奇迹般地在异国他乡的战场上重逢，传奇又温馨的故事与战争的惨烈形成了鲜明的对比，从另一个层面揭示出了家庭与亲情的意义，自然也就会给读者留下深刻的印象。小说的情节或许并不算紧凑，但符合人物心理和故事展开的节奏，王主任认女儿的过程一波三折、层层递进。两个没有血缘关系的家庭，却有着家人一般的亲情，有着割不断的情缘。患难见真情是一种多么崇高的人类情感，非血缘家庭的亲情是多么令人敬佩！描写这样一个家庭，不得不说，巴金在构思上是匠心独运的，情节的安排和题材的选择所反映出的，不光是巴金生活经验的积累，更是他对"家"的难舍情结。

三是语言的朴实与流畅。巴金那惯有的笔法在这篇小说中得到了延续，小说采用了明显的"巴金式"的叙述方式，家长里短一股脑地铺陈开来，大段大段的文字倾泻而下，给人排山倒海的感觉。特别是小说的语言，尽管采用了第一人称叙述方式，却有一种说书人讲故事一般的味道。整篇小说中人物的出场和事件的发生都显得比较随意，没有章法。这或许正是巴金的高妙之处，他不是为了讲故事而讲故事，而是让语言本身成为故事。在中国现代作家中，巴金的艺术技巧或许并不是最高超的，语言也不是最灵动的，甚至在其最著名的作品《家》中，读者也几乎看不到出彩、绝妙的文字，看不到隐晦的意象，甚至看不到缜密的行文思路；读者看到的只是一个平凡朴实的真实世界，是一群年轻的生命挣扎在现实与理想的胶着状态中，读到的是平铺直叙甚至有点絮絮叨叨的语言。在巴金看来，艺术的最高境界在于"良心"，而这远远要比技巧重要，况且，他也并不是"空手"闯进文坛的。巴金的文学作品的价

世纪激流
今天如何读巴金

值恰恰体现在这种"浑然天成"的感觉中,一种化技巧于无形的境界,任何情感、任何技巧都自然地幻化于流畅的行文中,这种"化境"实际上是一种"无技巧"的技巧,或许我们可以用"清水出芙蓉,天然去雕饰"来形容巴金语言的朴实与流畅。巴金的语言并不是故意为之的自然,而是情绪和情感的自发流动,已经到达了最纯粹的艺术境界——无技巧。

入朝采访的经历对巴金后期的创作至关重要。如今,抗美援朝那段战争岁月已经过去70多年了,但人们始终无法忘怀《团圆》中感人的场景,想起王成那坚定决绝的口号,人们还是会感到充满力量。当代文学对抗美援朝战争的想象与书写,也必将不断延续。在新的历史条件下,回望半个多世纪之前的这场战争,回顾巴金的经历和创作,更加能够看到巴金的价值和意义。

巴金笔下的抗美援朝故事

巴金在朝鲜期间笔耕不辍,写下了《朝鲜战地的春夜》《我们会见了彭德怀司令员》《保卫和平,保护朝鲜的母亲和孩子》《我们向全世界人民控诉》《起雷英雄的故事》《一个模范的通讯连》《平壤,英雄的城市》《青年战士赵杰仁同志》等多篇通讯报告,收录在《生活在英雄们的中间》中。此外，巴金还创作了以朝鲜战争为题材的若干篇短篇小说，出版有《英雄的故事》（1953）和《李大海》（1961）两个短篇小说集。其中，1961年出版的《李大海》除"代序"和"后记"外，共收入七个短篇，依次为：《副指导员》《回家》《军长的心》《李大海》《再见》《团圆》《飞罢，英雄的小嘎斯！》。在这些作品中，尤以收集在《生活在英雄们的中间》中的一些篇章，如《我们会见了彭德怀司令员》等为读者所喜爱。

世纪激流
今天如何读巴金

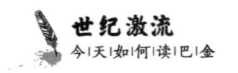

久唱不衰的英雄赞歌

　　《团圆》发表之后引起了广泛的关注，当时担任文化部副部长的夏衍非常喜欢这部作品，他即刻做出指示，要求长春电影制片厂务必将其改编成电影。当时负责拍摄任务的导演是武兆堤，为了拍好这部作品，他立即启程赶往北京寻找编剧毛烽，力邀其一起改剧本。1964年，改编自《团圆》的电影《英雄儿女》终于问世。这部电影在当时几乎家喻户晓，在原有的家庭主题之外，影片强化了革命信仰的比重，英雄王成的戏份大大增加，人物性格的塑造和情节发展的吻合度较高，人物形象立体饱满，因此在同类型题材影片中脱颖而出，受到观众的广泛好评。

　　优秀的文艺作品总是能够引起人们的共鸣。《英雄儿女》之所以能打动人，关键就在于对细节的处理和对人性的把握，影片中的经典情节至今仍然让人感动：王成所在的连队为了掩护战友拼死坚守阵地，陷入绝境也没有人后退一步，从而为我军最后的胜利争取到了宝贵的时间。王成孤身一人英勇抗敌，

第五章
《团圆》中的人性光辉

战至生命最后一刻，与敌人同归于尽。王成壮烈牺牲前那句"为了胜利，向我开炮！"至今仍让人感受到英雄儿女们必胜的决心和大无畏的献身精神，王成也因此成为中国红色电影中的经典英雄形象。实际上，王成在现实生活中的原型是牺牲在朝鲜战场的烈士赵先友，电影中的"向我开炮"也是发生在抗美援朝战争中的真实事件。影片之所以能够引起人们的共鸣，就在于观众从王成身上看到了一个个默默奉献的志愿军战士可歌可泣的英雄事迹，看到了无数中华儿女为了正义与自由而奋战的坚强与不屈。无论何时，当《英雄儿女》的插曲再次响起，人们都难以抑制内心的激动，这更多是一种集体的情感记忆，一种对人性理解的共鸣。

《英雄儿女》不光是一部反映战争的影片，同时也积极引导着人们思考与英雄相关的一系列问题。故事虽然并不复杂，但之所以能够用简单的情节引发人们强烈的情感共鸣，其中的关键就在于对英雄这一主题的诠释。《英雄儿女》是一个关于团圆的故事，也是一个关于英雄的故事，在整部电影的架构中，"英雄"这一主题贯穿始终。英雄儿女是谁？他们的命运如何？结局又怎样？这是影片从开篇就给观众设置的思考题。电影中有这样一个引人深思的场景：王芳为了抢救战友被敌人的炮弹炸伤，生父王主任得知后来医院探望她。王主任夸奖王芳像哥哥王成一样英勇，王芳却认为她做的这点小事相比战场

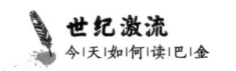

上的英雄们无足挂齿，自己更称不上英雄。王主任反问道："照这样的标准，那你做了一辈子工人的父亲，千方百计将你送到医院抢救的朝鲜老大爷，是不是也算不上英雄？"

英雄，是无数为了保家卫国浴血奋战的志愿军将士，是每一个在战场上互帮互助的普通人，是虽未到战场却始终牵挂亲人的志愿军家属，是广大牵挂前线将士的中华儿女。英雄，是一个个没有留下名字的"最可爱的人"。英雄，既是某一个具体的人，也是一群人，更是一代人，甚至几代人。英雄，不单单指一个个体，更是一种符号、一面旗帜，在中华民族伟大复兴的道路上始终给人以指引和力量。

《英雄儿女》之所以能够成为经典，归根到底是因为一件事，那就是创作者的自觉，一种绝对不能辜负历史中的英雄的创作自觉。创作过程中，他们始终想的是那些志愿军战士，是那场惨烈战役中的英雄儿女，这也正是该片能在时代的大浪淘沙中脱颖而出，至今依然是国产战争片的巅峰之作的重要原因。影片的剧情、配乐、演员的表演、台词，以及种种细节的展现都从不同的方面回答了同一个问题——何为"英雄儿女"。电影通过这样的方式告诉我们，英雄不问出处，每一个平凡普通的人都可以成为英雄，英雄就在你我身边，英雄可以是你、是我，也可以是他。中华民族本来就是一个出英雄的民族，无论是在战争年代，还是在和平年代，勤劳勇敢的中国人总是在书写自己民族的传奇。人人都可能成为英雄,《英雄儿女》电影所传递出来的这种价值观是超越时代的,值得一代又一代中国人学习和思考。

《英雄儿女》之所以被称为经典,还有一个重要的原因是片中的音乐。电影的主题曲名为《英雄赞歌》,也于1964年发行,随之响彻祖国的大江南北,在各大部队、厂矿、机关、学校和乡村广泛唱响,激励着一代人奋勇向前。影片中,有一场重头戏现在回看依然非常经典:王主任让王芳为她哥哥写一首纪念歌曲,王芳连夜完成初稿,但总感觉不理想。王芳起初还有些不服气,纳闷为何自己已经写得泪流满面了,还是觉得差了点味道。此时,王主任一针见血地指出:有了眼泪不代表触碰到了心灵深处的情感。写歌的目的不光在于纪念哥哥,而是要通过哥哥看到无数个像他一样的英雄。言下之意,歌词要跳出小我,表现人类命运的共通。哥哥的牺牲,是为了和平与安定,他不仅仅是家人的儿子,自己的哥哥,更是全人类的英雄。王主任的话一下子点醒了王芳,她终于写出了令人满意的歌词,这首歌就是后来响彻大江南北的经典歌曲《英雄赞歌》。

2019年,在发行后的第55个年头,该曲入选了"庆祝中华人民共和国成立70周年优秀歌曲100首",足见其影响之深远。炮火连天的战场环境、生动鲜活的人物形象、可歌可泣的英雄

世纪激流
今天如何读巴金

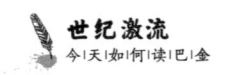

事迹与激越昂扬的《英雄赞歌》完美融合在一起，为影片增加了跨越时代的不朽力量。直到今天，只要听到"烽烟滚滚唱英雄，四面青山侧耳听，侧耳听"，几代人都会忍不住流下眼泪。为什么大地春常在？是因为英雄们的生命洒在了大地上，到处都能开出鲜艳的花。在《英雄赞歌》的激昂歌声中，影片的主旨也仿佛在一瞬间得到了升华。

这首歌的歌词慷慨豪迈，旋律大气激昂，由著名作曲家刘炽亲自操刀谱曲，著名诗人、革命家公木填词。值得一提的是，这首歌的词作者公木并非专业的填词人，而是一个地地道道的革命诗人，许多脍炙人口的作品便是出自他的笔下。抗日战争时期八路军的军歌《八路军进行曲》就是由他作词的，后来改名为《中国人民解放军进行曲》，1988年，中央军事委员会决定将该曲正式定为《中国人民解放军军歌》。此外，著名的《东方红》组曲也是他整理的，因此才会有这部由民歌发展而来的史诗级音乐作品。因此，公木无疑是担任《英雄儿女》主题曲词作者的最佳人选。公木也非常看重这一作品，他曾经说，对战士、对军队的真挚感情是他创作这首歌的歌词时始终萦绕心间的情感，这首歌也可以看作他个人革命文学创作的一次回望与发愿。赞美英雄，是他的职责和使命，也是他内心最真挚情感的抒发。

说起这首歌的创作，有许多值得展开的有趣故事。当年，

第五章 《团圆》中的人性光辉

刘炽拿到公木写出的歌词后，并没有马上开始谱曲，而是先组织了一帮人去打牌。他在打牌中途突然灵感来袭，随即把牌丢下，回家锁上门，闭门谢客，一鼓作气谱成了这首气势如虹的《英雄赞歌》。如今，国产电影如何才能创作出《英雄赞歌》这样的经典插曲？更进一步而言，我们如何才能创作出《英雄儿女》这样的经典电影？这或许也是时代留给我们的思考题。

《英雄赞歌》

作词：公木　作曲：刘炽

烽烟滚滚唱英雄　四面青山侧耳听　侧耳听

晴天响雷敲金鼓　大海扬波作和声

人民战士驱虎豹　舍生忘死保和平

为什么战旗美如画　英雄的鲜血染红了它

为什么大地春常在　英雄的生命开鲜花

英雄猛跳出战壕　一道电光裂长空裂长空

地陷进去独身挡　天塌下来只手擎

两脚熊熊趟烈火　浑身闪闪披彩虹

为什么战旗美如画　英雄的鲜血染红了它

为什么大地春常在　英雄的生命开鲜花

一声呼叫炮声隆　翻江倒海天地崩天地崩

双手紧握爆破筒　怒目喷火热血涌

敌人腐烂变泥土　勇士辉煌化金星

为什么战旗美如画　英雄的鲜血染红了它

为什么大地春常在　英雄的生命开鲜花

【我来品说】

1. 从上文的分析中,你认为巴金笔下不同类型的"家"的故事是否有一以贯之的核心主题?

2. 你看过电影《英雄儿女》吗?如果看过,你最想对电影中的哪个人物说一段话呢?试着写下来吧。

第六章 巴金不曾离去

导读

有人说,纪念巴金最好的方式就是阅读巴金。的确如此,从1981年担任中国作家协会主席起,在中国文化界,巴金犹如一座灯塔,为每一个前行的人照亮了方向,他的存在总会让我们感到安心、感到温暖,有他在,灯就亮着。正如巴金的存在本身就是一个世纪最好的见证一样,他的离去,也使这个象征意义变得更加显著。

第六章
巴金不曾离去

北京时间2005年10月17日晚7时06分，101岁的巴金在上海华东医院的病房里缓缓地闭上了眼睛，永远离开了这个世界。在过去长达一个多世纪的岁月里，巴金如一条饱经沧桑的世纪激流，跨过高原荒漠，流过崇山峻岭，穿过丛林峡谷，淌过险滩暗礁，却始终奔涌向前，直到汇入汪洋大海，才停下了它奔腾不息的脚步。这位对中国文坛产生深刻影响的世纪老人放下了他战斗的号角，归于平静。巴金先生的辞世，宣告了一个时代的结束，也再一次提醒我们，五四那代知识分子已经离我们越来越远，后人如若想接近那个时代，怕是只能去书本里找寻了。他的离开如同一场华丽的落幕，不仅是对他自己而言，也是对中国文坛、对一个时代而言。然而，巴金是一本"不朽的书"，在很大程度上，哪怕他离开了，他仍然是一个重要的文学符号、一个无法忽略的精神坐标，具有极其重要的象征意义。巴金的精神遗产和思想命题，不是橱窗里的文

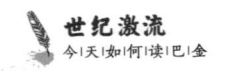

物,也不是博物馆里的样本,而是让每一个人都感到亲切的精神"活化石"。他给我们留下了一笔巨大的精神遗产,这笔精神遗产在当下仍然如活水一般,滋养着我们的精神源泉。从这个意义上讲,巴金不曾离去,巴金的"家"也不曾离去。

第六章 巴金不曾离去

"把心交给读者"

在现代作家当中,巴金或许不是最深邃的,却是最富有激情的。他的青春激情已经化为一种人格,成为他生命的一部分。有人曾问过巴金写作的最大秘诀是什么?巴金毫不犹豫地回答说:"把心交给读者。"在他看来,写作是一项艰苦卓绝的劳动,非得全心全意投入,读者才能感受到自己的真诚。就像是母亲哺育孩子一样,作家要把全部身心投入写作中去才行,容不得一点马虎。巴金的伟大之处就在于他一生都把心交给了读者,每一次提笔都在为读者写作。把心交给读者,是他奉行一生的准则。他写作的出发点和落脚点都是把读者放在第一位,他全部的创作都是在用心敲门,用真诚换真诚。也正是因为这一点,巴金的作品始终给人以亲近感,始终没有淡出人们的视野。

巴金的一生是勤奋的一生,26卷的《巴金全集》(人民文学出版社,1986—1994年版)便是最好的证明。他的文学作品是一个大时代的见证,也是一个世纪最真实的历史回声,更彰显着一个知识分子的觉醒与良知。从最开始创作时的稚嫩,到

世纪激流
今天如何读巴金

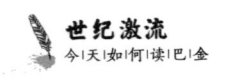

后期创作的沉静,巴金的文学创作或许谈不上深刻,却是新文化运动中不可多得的时代记录,也是整个20世纪中国文学弥足珍贵的财富。同时,他以自己火热的写作热情和创作实绩,给所有写作者树立了榜样。在巴金的人生字典里,把心交给读者不仅仅是一种写作状态,更是一种生命哲学。

巴金的创作始终将读者放在第一位,但这并不意味着他怀着功利的目的去揣摩读者的喜好,市场导向型创作也不是巴金所提倡的创作方式,如果仅仅停留在读者爱看什么就写什么,是写不出好作品的。巴金的创作始终都在寻求一种"平衡",他的作品不仅要和读者对话、和时代对话,也要和自我对话。他从来不搞作家自我中心论,他的创作始终都贴合着社会、时代、读者的文学要求。因为他懂得,作家不应该成为一个孤芳自赏的人,作家的天职在于和不同的读者对话,好的文学作品一定不是一个封闭的系统,而是开放式的、引导式的。如果一部作品能在读者和作家之间架起一座沟通的桥梁,开启一扇对话的门窗,那么这部作品才算是真正走进了读者心坎里,也才能获得长久的价值。漠视读者的存在进行创作无疑是本末倒置的,作品写得再好,如果没有人能够与之对话,那将是多么苍白与寂寞。

巴金一生的写作也是一场漫长的求索与朝圣,这场朝圣并不是一气呵成的,而是几经磨难才到达彼岸。巴金长达80年的创作生涯中充满了磨难，到处是荆棘，他能坚持下来已经实属不易，更难能可贵的是，他几乎是"跪"着走完全程的。他始终将读者高高捧起，时刻提醒自己，读者是作品的第一评判者，是最忠诚的裁判。读者就像太阳，给予大地温暖的反馈。几十年来，他对读者始终抱有感恩之心，一直认为是读者的信任养活了自己，是读者的批评和鼓励激励着自己在写作的道路上不断探索。他像一棵大树一般，将全部的创作天赋和写作热情倾注于生花的妙笔，从读者太阳般的温暖反馈中汲取力量、吸取养分，借助读者挑剔的眼光调整写作思路，也在一次又一次与读者的思维碰撞与交流中探索生命的真谛，迸发出创作的活力。

在巴金的思维里，读者是良师益友，因此哪怕年龄再小的读者，他也非常重视。在他看来，读者是最正直的评委，读者的感受是修改作品的最大动力。写作如赛场，读者就是最好的裁判，一部作品如果不能打动读者、带动读者的心绪，就不能算是好作品。他老老实实地将自己当作一个普通人，一个卖文为生的普通写作者，从不高高在上，也不自命清高。他也从不想说教和指导，他的创作目的非常单纯简单，那就是与读者真诚地交流。他一再声明自己和大家一样也是个普通人，在普通的生活中有了普通的感悟，就用普通的文字记录下来，这便是文学最真诚和真实的状态，他愿意做一个普通人。写作是平凡

世纪激流
今天如何读巴金

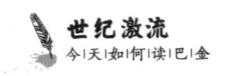

生活的一部分,他并不想创作出多么惊世骇俗的文章,自言只是期待用文学交流、用文字说话,用文字打动人心的芸芸大众中最不起眼的一个。

把心交给读者,是巴金作为作家的底线。讲真话,说起来容易做起来难,这首先需要对读者无条件信任,其次要长期保持内心的赤诚,如此才能赢得读者的尊重。要做到其中任何一点都是很不容易的,要坚持一辈子更是难上加难,但巴金一交就是一辈子。以心换心,是每个真诚有良知的作家、艺术家对读者、受众的庄严承诺,不掺杂任何功利的想法,摒弃了一切伪善和高高在上,把读者当作发自内心信任的亲人朋友,这是一种很难达到的境界。巴金就是一位达到了这种境界的真诚又率直的作家。把真诚的情感用最真实的文字表达出来,是巴金一贯的做法和追求。其实,把心掏出来交给读者,是一个作家生命中最原始的创作热情,只有真正相信读者、敬畏写作的人才能做到。以读者为中心并不是哗众取宠,对作品进行名义上的伪善包装,也不是为了作品销量而采取的抢占市场份额的文化策略。巴金对这些都不在行,真心实意、全身心投入是他唯一的创作标准,任何虚情假意都是巴金所不齿的。掏出心来交给读者更不是表演和卖惨,而是与读者建立平等的对话机制,互相交流人生智慧,让别人的人生经验参与到自己尚未经历的生命体验中来,这是最好的与读者对话的方式。把心交给读者

第六章 巴金不曾离去

是巴金每一部作品都坚守的原则和底线，也应当成为每一个有良知的文艺工作者坚守一生的创作准则，这是对作品、对自己、对读者的尊重。读过巴金小说的读者不难发现，巴金作品中的每一个人物之所以那么鲜活、令人难以忘怀，关键就在于每一个人物都是丰满的、立体的，承载着作家饱满而深沉的情感。巴金在作品中真诚急切地控诉着命运的不公，忧心如焚地为那些不幸的小人物申冤，饱含同情地替苦难中的人呐喊。他的作品并不难读，常常与时代同频率，也最能让读者感到亲切与振奋。在克鲁泡特金去世八年后，巴金写下了这样的评语："历史会把克氏的肖像不加修饰地画与后代的人看，如像一个反抗社会不公道的人，一个为工人争自由的战士，一个无限地爱人类的人。"[1] 巴金自己又何尝不是这样的人呢？或许，将来有一天，人们也会这样评价巴金：他既是奋起反抗的战士，也是心灵渡口的摆渡人。然而，对巴金而言，人们如何评价他似乎并不重要，重要的是人们怎么看待自己，特别是通过阅读他的作品反观自己。若读者通过阅读他的作品不禁生发出了解自己的欲望，对自己的生命价值产生疑问，清楚地知道自己究竟是一个怎么样的人，想成为一个怎么样的人，那么巴金的创作初衷便在很大程度上实现了。

---

[1] 巴金. 克鲁泡特金八年祭 // 巴金全集：第18卷. 北京：人民文学出版社，1993：208.

世纪激流
今天如何读巴金

巴金曾多次说过，他的创作初衷并不是才情所促使的，而是感情所促使的。太多的感情想要倾诉，太多的话语想要交流，太多的愤懑想要抒发，才成就了后来的自己。实际上，从巴金的日常生活中不难看出，巴金不仅是写作的赤子，也是生活的有心人，生活与写作在他那里得到了完美的对接与融合。他善于用文字做尺，一笔一画衡量着自己与读者之间的距离，也不断用文字拷问着自己的灵魂。巴金晚年时最难过的事情就是自己有时对读者讲了假话，这令巴金寝食难安、深深自责。这种敢于解剖自己、正视错误的精神和勇于自我忏悔的态度，令人深深敬佩。巴金一生都保留了一颗赤子之心，在自己的文字天地里默默耕耘，他以真实为尺度，始终坚守着自己的创作初心，用自己的文学观念和文学理想开辟了一片净土。作为作家，他做到了严以律己、真诚待人，用文学承担起批判现实的社会责任，用自己蓬勃的创造力为读者开辟出一片隐秘的情感宣泄地，使得无数读者在这里酣畅淋漓地释放情感、碰撞思想。他高擎着国民精神的火炬，带领一代又一代读者奋勇前进。

把心交给读者，也是巴金作为编辑的良知。其实，除了写作之外，巴金还做过很长时间的编辑工作。但无论是在哪个岗位，巴金都不是一个将钱看得很重的人。不计报酬，不图虚名，是巴金一生的行为准则。大多数人并不知道，巴金是全中国唯一一位只领稿费却不拿工资的作家。他始终安守本分，勤奋写作，认真编辑。早在1949年以前，巴金就应友人之邀，在上海的文化生活出版社做总编辑，一做就是将近20年。从日常事务到书籍出版，他样样操心，半点马虎也容不得，但巴金长期以来分文不取，为出版社做了大量义务性的工作。因此，文学出版事业同样是巴金所钟爱的事业，也是巴金对现当代文学做出的重要贡献。巴金用他的言行，实实在在地让人们看到了一个作家的担当。在担任编辑期间，除了自己坚持写作和翻译，巴金也督促其他人创作，甚至常常为了给旁人创造写作、翻译的机会而放弃自己的利益。可以说，文学创作和编辑出版工作都是巴金热爱并坚守一生的"战场"，在这两个领域，巴金的确做到了兢兢业业，他的"行"远远大于"言"。

巴金从事编辑工作其实早于他的文学创作。早在五四初期，那会儿他才十几岁，就已经开始经手一些宣传新思想的刊物，针砭时弊，发表了大量对当时国内局势的看法。这期间他也开始尝试文学创作，他的第一部中篇小说《灭亡》便是在这一时期诞生的。1934年，他参与郑振铎、靳以主编的《文学季刊》之后，开始做文学编辑。虽然此前已有了一些编辑工作经历，但巴金正式走上出版和编辑之路，则要从1935年文化生活出版社成立开始。在文化生活出版社担任总编辑期间，巴金亲自操刀，见证了一系列重要丛书的出版，如"文学丛刊""现

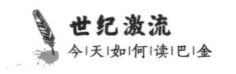

代长篇小说丛书""文化生活丛刊"等。除了著述译说、编辑出版外，巴金也很关注青年人的成长，尤其是培育青年作家，这蕴含着巴金对新文学事业发展的良苦用心和远见。抗日战争期间，巴金又积极投身抗日宣传工作。当时，由巴金担任发行人的抗战联合刊物《呐喊》才发行了两期就被租界巡捕房查办，无奈之下，巴金临危受命，接替被迫转移的原主编茅盾担任了该刊（第三期改名为《烽火》）主编。新中国成立后，巴金的编辑工作也没有中断，先后兼任过《文艺月报》《收获》《上海文学》等重要刊物的主编。可以说，编辑身份是巴金除作家身份之外又一不可忽略的重要身份。

作为编辑，巴金始终以读者为第一位，挖掘了不少富有文学才华的新作者，给予他们发声的机会。曹禺的话剧《雷雨》便是由巴金推荐才发表的。巴金对曹禺的"发现"，不仅体现着他作为编辑的敏锐眼光和职业操守，更蕴含着他对新文学发展的总体关怀。除了《雷雨》，曹禺的《日出》等重要剧作的问世也有巴金这一"伯乐"的功劳。此外，师陀、李健吾、卞之琳、陆蠡、何其芳等一大批作家都是由于巴金"慧眼识珠"才有了登上文坛的机会。新中国成立以后，巴金先后在中国作家协会和全国文联担任要职。他一贯的信念便是不断付出，不断给予，始终把心交给读者。

把心交给读者，也体现在巴金的一系列捐赠活动上。直

第六章
巴金不曾离去

到晚年，巴金还是坚持以往一贯的作风，不拿一文旧作重版的稿费，他把这些钱如数匿名捐给慈善机构，用于帮助有需要的人。此外，他还将毕生藏书捐献给图书馆，让广大读者阅读，为新文学建设事业添砖加瓦。巴金始终将读者朋友看成知己，常怀感恩之心，用心与他们交流。他曾说，自己写作的第一位老师是卢梭，卢梭的《忏悔录》给了巴金心灵的震撼和创作灵感，让他学会了剖析自己的灵魂，向自己开刀。巴金用文字反思过去的经历，拷问自己的心灵，真正做到了把心交给读者，而这种极度的真诚不仅无坚不摧，还换来了读者的尊重。自我反思、自我忏悔，对生活无限赤诚，是巴金给读者的精神馈赠。如果每个文艺工作者都能像巴金那样"把心交给读者"，那么我们的文学一定会迈向更高的境界，成为有力提升国民素养、净化国民灵魂的"精神良药"，成为指引和照亮人们前行之路的不灭火炬。

巴金是公认的现代文学大家，但他从不以文学家、作家自居。在他看来，自己写作的初衷就是与读者对话，跟读者说说心里话，抒发内心对光明的渴望，而不是为了文学而文学。这正是巴金的与众不同之处。对他来说，人品和文品、生活与写作、为人和为文皆是相辅相成的。他认为，好的作品首先要能实现共赢，不仅让自己流泪，也要触动读者的生命体悟，文学作品不应该沦为茶余饭后的谈资和闲时的消遣品。写作是为

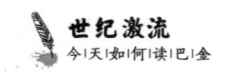

了思考，为了求真，为了批判，为了倾诉，为了斗争，为自己的人生寻找出路。书写痛苦是写作者的天职，写作者要用自己的笔为在痛苦中挣扎的人寻找解脱，为积贫积弱的中国寻找病根与药方。巴金的写作既不求名利，也不求钱财，而是为了战斗，同一切人类社会的不合理制度战斗到底。巴金一生都坚守在他的阵地上，披荆斩棘，呼号呐喊，从未动摇和怀疑过。

今天，我们不仅要读巴金的作品，更应该全方位了解巴金这个人，看到他的坚持与信仰，懂得他的真诚与博爱。只有这样，我们才能真正认识巴金并理解他的文字。意识到这一点，对于何为作家，或许我们能够有更深刻的认识。真正把读者当作上帝、把写作当作交流、为人类文明发展做出重要贡献的作家寥寥无几，而巴金正是在这些方面显示出了他的独特价值，他的真诚、热烈、奉献和博大，将给我们以长久的启迪。

写给寻找理想的孩子

巴金对青少年一直非常关心,认为处于青少年时期寻求理想的孩子是最渴求真理的,也是最应该得到指导与引导的,因此,即使在晚年身体不好的状态下,他也仍然坚持为青少年儿童健康成长做一些力所能及的事情。

1985年4月,一封通过上海作协转达给巴金的信递到了80多岁的巴金手中,这是江苏省无锡县钱桥中心小学一帮五年级孩子写给他的求助信,署名为"十个寻找理想的孩子"。书信写得工工整整,一个个稚嫩的文字,仿佛孩子们求知的眼睛,深深敲击着巴金的心弦。那十个寻找理想的孩子遇到了什么样的困惑?他们给巴金爷爷写信,是想要寻求什么样的帮助和指点呢?原来,20世纪80年代的青少年,思想比较活跃,善于通过对社会的观察思考一些比较沉重、严肃的人生课题。在信中,孩子们表达了他们对拜金主义的迷惑。当时的社会风气使然,孩子们认为最热门的话题是金钱,为了金钱而工作是普遍现象,就连父母都用零花钱来作为他们考出好成绩的奖励,似

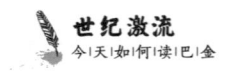

乎这样的追求是理所当然的，孩子们对此提出了质疑。何为理想？何为金钱？孩子们百思不得其解，于是寻求巴金的帮助，想通过巴金在写作时的所思所想来探寻其对于理想的看法和态度，并且希望巴金能够给予他们指引。

当时已经80多岁的巴金身体状态每况愈下，讲话的时候经常一口气喘不上来，憋得满脸通红，甚至连笔都拿不稳了，但是他深深被孩子们的赤诚打动了，觉得应当立刻给孩子们回信。他花了很久的时间，一字一句，写写停停，停停写写，非常真诚地给孩子们写了一封3 000多字的回信。而在这之前，其实巴金已经给孩子们写了一封简短的信，安抚孩子们的情绪，请他们耐心等待。那个时候，巴金提笔已经很困难了，本想将回信重新誊抄一份，但是实在有心无力，只好将草稿寄出。这封信长达80页，每一页上都有用毛笔或者钢笔改动的痕迹，总计将近150多处改动，虽然字迹不同，但都一笔一画，相当工整，能看出作者非常认真。很难想象重病的巴金是如何在那样的身体条件下坚持写完这封信的。这封信巴金断断续续写了将近一个月，他娓娓道来，语言质朴而感人，语气舒缓而平和，态度诚恳又谦虚，给人如沐春风的感觉，饱含着对孩子们的关怀和期待。从他的回信中弥散开来的，是一种经历岁月沉浮之后的恬淡和温情，字里行间流露出绵长朴素的情谊和美好的祝福。让信仰开花结果，让生命开花结果，让文字开花结果，是

第六章
巴金不曾离去

巴金想通过文字努力传达的心愿，也是他能给予孩子们的最美好的祝福，散发着一个老人对后辈浓浓的爱意。

他在回信中非常耐心地告诉来信的这十个心有"迷惑"孩子：理想是实实在在存在的，而且就在你们面前，未来是属于你们这些青少年的。但理想究竟在什么地方是值得思考的。在漫长的人生道路中，哪怕一次又一次的艰难险阻气势汹汹地袭来，人也没有理由灰心绝望，因为只要理想还在，人生就有希望。理想像明净的水，能够荡涤人们灵魂的尘垢；理想像燃烧的火，能够点亮人们内心的希望，火不灭，人就不会感到"内部干枯"。他满怀热情地鼓励孩子们珍惜时间、追逐理想，青春无限美丽，是一生中最宝贵的时间段，青年应充满希望，是祖国和人民的未来。他劝慰孩子们，有理想很难，坚持理想更难，但不必着急，因为寻求理想不是一天两天的事情，只要还在追求的路上，就一定不会被理想抛弃，总有一天能够看到理想实现的样子。他告诫孩子们，追逐理想的道路是艰难曲折的，只有始终保持乐观的心态，才能守得云开见月明。理想不是化妆品，需要时时刻刻彰显出来；理想也不是空谈，需要像口头禅一样挂在嘴边。理想应该深深融入我们的一言一行中，同我们血肉相连。不论外界诱惑如何，理想总能让人在前进的道路中看清方向：理想是茫茫沙漠中的指南针，理想是狂风巨浪中的方向标，理想是漫漫长夜里的不灭篝火，理想是暗夜里

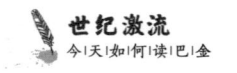

闪亮的星光，理想是人生道路上不灭的明灯。在这个偌大的世界里，芸芸众生都如同大海里的一滴水、沙漠里的一粒沙，在命运的汪洋中如同一叶扁舟，但是理想信念能够给人无限的力量，让人产生向上的动力。只要有了理想，就能在拜金主义的洪流中站稳脚跟；只要稳扎稳打，不忘初心，就能实现自己的目标。同时，理想也不仅仅指一个人的理想，它也可以指一群人的理想，一代人的理想，甚至是一个时代的理想。当个人将有限的生命投入时代进步的洪流中，投入为民族独立和人类文明发展而奋斗的使命中，将个人的荣辱和集体的利益联系起来，将自我的得失放置于整个社会的进步中，将更多的爱与同情给予他人时，他的生命就有了永恒的意义，这样的生命才是不朽的。巴金对孩子们的困惑表示赞赏，认为他们之所以感到困惑，恰恰是因为他们在思考。相比那些浑浑噩噩、终日碌碌无为的人，那些在"向钱看"的社会中奋不顾身唯利是图的人，孩子们反而没有迷失自我，因此才会感到窒息和迷茫。这是好事，应当为自己感到高兴。

　　巴金给孩子们的这封回信，充满了对祖国、对青少年儿童的爱，鼓舞了无数青少年。如今，距离巴金老人拿起颤抖的笔给孩子们回信已经将近40年了。回过头来再读巴金给孩子们的回信，仍然能从中汲取到力量。在回信中，巴金用充满智慧的语言，循循善诱，告诉孩子们一个道理：生命的价值在于奉

第六章
巴金不曾离去

献,在于追求理想,在于坚持做自己。

巴金和孩子们的通信后来以头条的形式全文发表在了1985年10月15日的《无锡日报》上,随后,《人民日报》《解放日报》和《文汇报》等主流媒体都进行了转载,各大电台也做了跟进报道,在当时引起了广泛反响。今天,我们再来读巴金当时的回信,还是能够感受到浓浓的暖意。

亲爱的同学们,我多么羡慕你们。青春是无限的美丽,青年是人类的希望,也是我们祖国和人民的希望,这样一个信念,贯串着我的全部作品。理想就在你们面前,未来属于你们。千万要珍惜你们宝贵的时间。只要你们把个人的命运同集体的命运连在一起,把人民和国家的位置放在个人之上,你们就永远不会"迷途"。理想不抛弃苦心追求的人,只要不停止追求,你们会沐浴在理想的光辉之中。不用害怕,不要看轻自己,你们绝不是孤独的!昂起头来,风再大,浪再高,只要你们站得稳,顶得住,就不会给黄金潮冲倒。

孩子们被巴金的这封迟来的信深深鼓舞了,几个月后,从写信的孩子们中选派出来的四个代表来到了巴金爷爷的家中看望他。巴金非常高兴,像一个孩子一样混迹在孩子们中间。孩子们把鲜艳的红领巾献给了敬爱的巴金爷爷,还精心挑选了无

世纪激流
今天如何读巴金

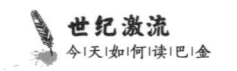

锡当地的特产惠山泥人作为礼物送给巴金，这个泥人是一个老寿星的样子，凝聚着孩子们对巴金美好的祝福。巴金则兴致勃勃地带孩子们参观了自己的家，向他们展示了全国各地小朋友送来的有趣的礼物，并且把一个可爱的瓷牛送给了孩子们，告诫他们要像黄牛一样脚踏实地、任劳任怨，为人民创造更大的价值，实现自己的理想。此外，巴金还送给孩子们自己签名的作品集《童年的回忆》作为纪念，并且和孩子们亲切合影。巴金一整天都非常高兴，孩子们围在他身边又唱又跳，巴金也笑得像个孩子。他激动地对孩子们说：我永远不会忘记你们。一整天下来，巴金笑着和孩子们侃侃而谈，仿佛回到了年轻的时候。他语重心长地叮嘱孩子们，要珍惜时光，努力学习，刻苦钻研，踏踏实实做人，脚踏实地做事，这样才不会辜负自己的理想。孩子们临走时，巴金恋恋不舍地拄着拐杖将他们送到门口，久久望着他们的背影不愿回屋。

巴金和孩子们的交往趣事不止这一件，无论是素昧平生的小读者，还是亲人、朋友的孩子，巴金都愿意和他们打交道，用他的智慧、耐心循循善诱，做孩子们的忘年交。几十年来，巴金的作品也在中小学语文课本中占据重要的位置，入选次数和篇目都算现当代作家中比较多的。此外，我们还可以在海外教材中看到巴金的身影。他的不少作品被选入了《华文》《中国语文》等海外教材，如《鸟的天堂》《繁星》《灯》《香港

第六章
巴金不曾离去

之夜》等。海内外的教材编写者之所以偏爱巴金的作品，原因不光是看重巴金在文学史上的地位，同时也看中其作品的思想与内容。巴金的作品在文字优美的基础上，传递着正确的价值观和正能量，富有时代文化气息，给人以启迪和力量；体现出深刻的反思精神和批判意识，敢于讲真话，说真理，而不是停留在说教上；更为关键的是语言质朴生动，易于教学。众所周知，巴金是五四运动以来颇有影响力的一位文学大师，他的作品数量众多、篇幅很长，且大多是在时代洪流中的大声疾呼，充满了革命理想主义色彩和战斗精神，饱含着浓厚的自省意识和忏悔精神，深深影响了几代人。他的作品往往和反抗封建家庭、传递革命进步思想、追求善良公正与关注个人成长等主题相关，这些主题无论在以前还是在今天都是影响青年成长的重要话题，符合各个时期语文教育的需要，而且巴金对于青少年朋友的发展非常热心，这种热情在作品中时不时流露出来。正如鲁迅评价说："巴金是一个有热情的有进步思想的作家，在屈指可数的好作家之列的作家。"[1]总而言之，他的作品热情洋溢，充满着战斗精神，很少出现消极的情绪，因此成为教材编写者重点关注的对象也是情理之中的事。

  再者，巴金的作品善于讲故事，真挚的情感与真实质朴

---

[1] 鲁迅. 答徐懋庸并关于抗日统一战线问题//鲁迅全集：第6卷. 北京：人民文学出版社，2005：556.

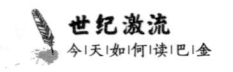

的描写有机结合，情感激流的倾斜浑然天成，给人娓娓道来、细腻独到的感觉，自有一种动人心魄的力量。他的语言没有丝毫矫揉造作之气，也不会给人故作深沉之感，而是在循循善诱中实现情感的宣泄。尽管常常有评论家批评巴金的文字较为冗余累赘，甚至缺乏技巧，但这何尝不是巴金的一种独特的个人风格呢？不可否认的是，巴金从来不专注于玩弄语言技巧，读者似乎很难说出他的语言本身有何特别。他文章中的所有字句都是情感的自然流露，虽偶有夸张，但整体氛围是引导式的。他的关注点始终在于把读者引向他想要表达的强烈内在情感，启发读者根据语言去感受、去体悟，没有任何扭捏或矫饰，又能够让人隐约感觉出叙事背后强烈涌动的情感和深厚的人文底蕴。更重要的是，他的语言呈现出一种"无技巧"式的风格，清爽自然，娓娓道来，令人如沐春风。这种"接地气"的特性也使得巴金的作品与孩子们有着天然的亲近感，特别是由于这种语言风格契合了中小学语文课本所要求的表现方法和言语方式，所以巴金的作品向来为课本编者所重视，在各类教材中常常能够看到巴金作品的影子。这也在无形中和巴金本人对青少年读者的关心不谋而合。以上种种，都是我们今天重读巴金的重要原因。

第六章 巴金不曾离去

永恒的家与爱

在中国新文学运动一百多年的历程中,涌现出了一大批优秀的作家。鲁迅当之无愧地坐了现代文学的第一把交椅。而巴金,也正是如鲁迅一般有着跨时代影响力的作家。或许有人会质疑巴金不如鲁迅深刻,也不如鲁迅锋芒毕露,但不可否认的是,巴金一直在朝着鲁迅开创的方向努力,并且一直在思想和行动上追随鲁迅。巴金是继鲁迅之后又一位敢于说真话的"大写的人"。《随想录》便是巴金对鲁迅精神的最好回应。他在作品中深情地怀念过往,曾经的人和事在眼前不停上演,严格地剖析自己的灵魂,充满真诚地忏悔以往的言行,在他一贯真诚自然的笔触中,几十年历史的画卷徐徐展开。巴金这份沉甸甸的精神自白书,不仅是一个老人在晚年的忏悔与反思,也可被看作一个民族的秘史,凝聚着老人一生对理想的执着坚守,他的内心独白,为今天的我们留下了一笔珍贵的史料,也为中华民族的伟大复兴保留了一份厚重的思想资源。从这一意义上讲,巴金可以称得上文化巨人;他的文字,从一开始便超越了

世纪激流
今天如何读巴金

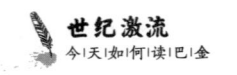

时空、种族、肤色、语种的限制，成为全人类共同的精神文化记忆。中国新文学因为有了这样的作家而熠熠生辉。

巴金的创作生涯历时弥久。在长达80多年的时间里，巴金写过长篇小说、中篇小说、短篇小说，尝试过散文、杂文、评论，还翻译过多部外国作品，仅他创作和翻译的作品就多达1 300万余字，更不用说他担任编辑期间对文学新人的赏识与提携。巴金不光在文学上留给我们一笔巨大的精神财富和文化财富，同样在精神上鼓舞着一代又一代人。巴金的小说除了较为著名的"激流三部曲"之外，还有"爱情三部曲"（《雾》《雨》《电》）、"抗战三部曲"（《火》《冯文淑》《田惠世》）和"人间三部曲"（《第四病室》《憩园》《寒夜》），中短篇小说（集）有《灭亡》《死去的太阳》《海的梦》《砂丁》《电椅》《将军》《神·鬼·人》《还魂草》等。这些作品大多数是反映革命青年生活、斗争以及反抗封建大家庭的，有一些是反映矿工斗争以及国统区小市民生活的，还有一些是反映军民抗日斗争的，作品题材的广泛程度也恰恰反映着巴金对于社会生活的关注程度。他的作品就是一本反映各阶层生活的"大书"，勾勒出了整个中国近代社会发展的历程，特别是以"家"为题材的作品，以小见大，产生了深远影响。家是最小国，是社会构成的最基本单位，可以说一个"家"就是整个社会生活的缩影，巴金对于"家"题材的持续关注，也是他对于时代社会、国家命运、民族历史发展和人民福祉的关注。除了小说，巴金也创作了大量的散文随笔，散文集有《旅途随笔》《点滴》《生之忏悔》《梦与醉》《龙·虎·狗》《废园外》等。除此之外，巴金还做过大量的翻译工作，是一位出色的翻译家，许多知名的文学作品和理论著作都是通过巴金引进到中国来的，如屠格涅夫的长篇小说《父与子》、短篇小说《木木》，高尔基的短篇小说集《草原故事》，王尔德的童话集《快乐王子集》，赫尔岑的回忆录《往事与随想》，薇拉·妃格念尔的回忆录《狱中十二年》，在理论著作方面，俄国无政府主义者克鲁泡特金便是巴金介绍到中国来的。

作为一位跨越现代、当代历史的作家，巴金用他独特的行文方式为一代又一代的年轻人塑造榜样，指引方向。总体来讲，巴金的思想和创作曾在两个时期对读者产生过尤其重要的影响。

第一次是在20世纪三四十年代，当时巴金是文坛耀眼的明星，也是最受青年读者欢迎的新文学作家之一。他的"激流三部曲""爱情三部曲"几乎就是记录转型中的中国社会的一份珍贵的史料。不难想象，当时在命运中挣扎的青年男女们，看到巴金的小说，看到《家》《雨》中的男男女女，仿佛从中看到了自己。巴金的好朋友、著名评论家李健吾曾这样描述巴金

世纪激流
今天如何读巴金

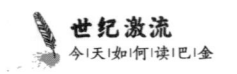

对当时青年的影响:"巴金先生是幸福的,因为他的人物属于一群真实的青年,而他的读者也属于一群真实的青年。他的心燃起他们的心。"[①]的确,从大家庭中走来的巴金能够触摸到青年的迷茫、焦虑和挣扎,对这类青年精神面貌的刻画自然入木三分。这批深受五四运动洗礼的青年人历尽艰难,挣脱了旧家庭的囚笼,来到心向往之的城市,期盼开启新生活;他们胸怀大志、激情澎湃,浑身都是使不完的力气,充满对美好生活的憧憬与向往;这些追求理想和信仰的青年似乎更能感受到暮气沉沉的社会给人带来的窒息感,他们孤独无依、彷徨犹豫,他们善良而单纯,有一颗沸腾又压抑的心。他们比其他人更加需要理解和鼓励,正因如此,他们在巴金的作品中看到了自己,看到了那颗全力坚持、渴望自由的心,看到了执着追求理想、试图冲破命运枷锁的不屈不挠的灵魂,有相当一部分青年正是因为巴金的作品而投身革命的。巴金一直关注青年的命运,鼓舞他们掌握自己的命运。而巴金对家的思考,实际上也是对青年命运的思考。巴金的作品帮助知识青年坚定信仰,鼓舞他们冲出旧家庭的藩篱,走向火热的革命,走向广阔的社会生活,他的作品在当时起到了重要的启蒙和激励作用。青年们几乎是狂热地读着巴金的小说,和里面的人物一起哭、一起笑,在他们

---

① 李健吾.《爱情三部曲》:巴金先生作//李健吾批评文集.珠海:珠海出版社,1998:32.

身上吸取教训、汲取力量。

第二次是在20世纪80年代。巴金晚年创作的《随想录》再一次掀起人们的关注热潮，这部散文集由150篇短小的杂感、散文构成，几乎就是一幅描绘20世纪中国社会历史和思想史的风情画。在这部散文集中，巴金用讲真话的方式对传统秩序和思想提出了反思，难能可贵的是，全书敢于在时代的伤口上深入下去，以强烈的现实主义精神和撕裂伤口的勇气解剖自己，解剖深藏在个人和民族灾难背后的文化根源，打破了文坛多年来沉寂萧条的局面。书中对社会历史、人生价值、道德伦理等问题都有所探讨，体现出浓厚的忏悔意识和赎罪感，也再一次唤醒了读者的良知。这部"讲真话的大书"是巴金晚年最重要的作品，也是巴金对历史文化、知识分子使命以及一生创作的沉静反思。正是这部作品，极大地深化了巴金作为作家的思想深度，其问世让更多的读者更愿意将巴金当作文化偶像，将他的创作看作一种文化现象。同时，这部作品也走出国门，成为海外研究者研究20世纪中国知识分子心路历程的重要参考。

天上有星，其名"巴金"

1997年11月25日，是巴金93岁的生日。这天夜里，北京天文台观测到一颗小行星，报国际小行星中心确认后，确定为新发现的小行星。1999年6月，经国际小天体命名委员会批准，该小行星被正式命名为"巴金星"。以个人名字命名天体是全世界一项崇高的永久性荣誉，足见巴金的国际地位。巴金是新中国第一位拥有同名小行星的作家，从此，在广袤无垠的星空里，多了一颗叫"巴金"的星。

直到今天，"巴金热"这一文化现象依然存在。近年来的多次读者调查报告中，巴金都榜上有名。2000年6月，根据中国出版科学研究所（2010年更名为中国新闻出版研究院）主持的"全国国民阅读与购买倾向抽样调查"，巴金在"读者最喜爱作家"中排名第四位。2003年6月，由新浪网等17家媒体联合开展的大型公众调查"20世纪文化偶像评选"落下帷幕，巴金被选为"十大文化偶像"之一，这再一次证明了巴金在当代文化建设中的独特地位。2006年，第四次"全国国民阅读与购买倾向抽样调查"显示，巴金是仅次于金庸的中国读者最喜欢的作家，这已经是巴金第四次上榜。2007年，在由新浪读书频道发起的"当代读者最喜爱的100位华语作家"评选中，仍然有巴金的身影。近年来，巴金作品集、选集以及自传都在不断更新，适合不同层次读者阅读的巴金作品选和数量众多的巴金研究专著也一再出现在人们的视野中，这些都足以证明人们对于巴金及其作品有着不舍的情感。在如此快节奏的当下社会，巴金还能有如此持续的高人气是很难得的，这也恰恰说明了巴金及其作品的经典意义。

巴金的《家》也拥有着穿越时空的影响力，在当代发挥着它的价值。巴金始终都在关注家庭、关注伦理，这在中国文化语境中有着重要的意义。"家"实际上是一种符号，一种宗法制度下社会关系的重要维系方式，家不仅具有情感意义，更具有文化意味。在家庭生活中，个体对父母、爱人、子女应承担怎样的责任与义务？享有怎样的权利？具有血缘关系或者不具有血缘关系的家庭成员之间应当如何相处？血缘关系与情缘关系对个体又有着怎样的意义？家庭的维系要不要依靠道德规范和祖制规约？家长对子女后辈的培养是否应当听之任之？在青少年成长的过程中，家庭应当发挥什么作用？大家庭中的个体应当如何克服代际差异和观念冲突，实现和平相处？如何充分发挥个人在家庭中的主体性？如何营造一种自由开放的家庭氛围？这些都是巴金作品启发人们思考的内容。人们对巴金的关注，实际上不仅仅是对青春的留恋，对真诚书写的赞赏，更多的是一种对"家"的留恋，一种自发的集体无意识，一种埋藏在人们内心深处的对亲情、爱情的无尽向往，一种对伦理传统的持续思考。"家"始终存在，巴金也永远不会离开。

2003年11月，国务院将"人民作家"的称号授予了99岁高

世纪激流
今|天|如|何|读|巴|金

龄的巴金,以表彰他对中国新文学做出的卓越贡献。作为进步文化的先驱,巴金一生都在为理想呐喊,为青年呐喊,为家庭呐喊,为祖国和人民呐喊,他是人民的作家,是当之无愧的精神灯塔。巴金深情地爱着自己的读者,爱着祖国和人民。哪怕晚年疾病缠身时,躺在病床上的他依然惦记着自己的读者:"远离了读者,我感到源泉枯竭。头衔再多,也无法使油干的灯点得通亮。但是只要一息尚有,我那一星微火就不会熄灭。究竟是什么火呢?就是对祖国对人民的爱。这也就是我同读者的唯一的联系。"[①]卧床静养期间,巴金的心里装的依旧是国家和人民的大事,精神好的时候,他一定会收听新闻和广播,或者让身边亲友帮他读报纸,听着听着便陷入沉思,一言不发。巴金这种对国家、对民族、对文学、对读者的崇高热爱,是他留给后人的最重要的精神财富。

巴金是一条流淌百年的激流,时而湍急,时而深沉;文如其人,巴金的文是充满战斗色彩的,又是真挚沉潜的。离开了人格的作品是没有灵魂的,作品与人格的合二为一造就了独一无二的巴金。巴金始终以理想为舟楫,用青春做风帆,在人生的汪洋大海中乘风破浪,并用实际行动呼唤着更多的同行人。正如郭沫若所评价的,巴金是一位真正有助于民族文化进步

[①] 巴金. 我和读者//巴金全集:第16卷. 北京:人民文学出版社,1991:283.

第六章
巴金不曾离去

的先驱。巴金用他历经坎坷的一生，为中国文坛留下了激情澎湃的一笔，也为读者留下了一笔丰厚的精神财富。了解巴金，最好的方法莫过于阅读他的作品，而要想让巴金的思想更好地在后世生根发芽，则需要不断激活巴金的作品与当代生活的联系。巴金所引发的特殊文化现象，深刻地影响了中国现代文化。巴金敢于批判自我、坚守中正，全力维护并延续五四所开创的传统，兢兢业业地坚守着自己的本职工作，支持中国新文学的发展，这些都体现着他作为知识分子的良心。

随着时代的更替，人们对巴金的崇敬早已不局限于一举一动，而是升华为对其人格的敬仰。今天我们读巴金，读巴金的《家》，不仅是在读巴金的作品，更是在读巴金这个"大写的人"。是巴金教会我们如何面对自己、审视自己、拷问自己，如何做到不退缩、不虚伪、不逃避、不欺瞒、不将就、不做作。这样一种"巴金精神"，将成为巴金被人们永远怀念的理由。是巴金，让人们看到文学的激情与沉静、悲悯与崇高；是巴金，让人们看到一颗坚持真理、坚持理想、坚持说真话，与人民共呼吸、与国家同命运、与民族共忏悔的文学良心。巴金，一条流淌百年的世纪激流，将在当代不断催生出新的力量。巴金从不曾离去；巴金的家与爱，也从不曾离去。

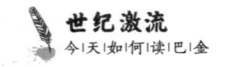

【我来品说】

　　1. 从上文的分析中，你是否能总结出：十个寻找理想的孩子遇到了什么困难？他们给巴金爷爷写信，希望得到怎样的帮助和指点？巴金爷爷在回信中给出了什么样的回答？

　　2. 巴金为什么被认为是拥有"青春人格"的作家？巴金及其作品对我们民族的价值体现在哪些方面？

　　3. 你的理想是什么？你在寻找理想、追寻理想的路上遇到过困难吗？如果有，你需要什么样的帮助？最想获得谁的帮助？试着给他写一封信吧。

图书在版编目（CIP）数据

世纪激流：今天如何读巴金 / 李春雨，乔宇，马岚著. -- 北京：中国人民大学出版社，2024.4
（今天如何读经典/刘勇，李春雨主编）
ISBN 978-7-300-32551-4

Ⅰ. ①世… Ⅱ. ①李… ②乔… ③马… Ⅲ. ①巴金（1904-2005）-文学研究 Ⅳ. ①I206.7

中国国家版本馆CIP数据核字（2024）第038097号

今天如何读经典
刘　勇　李春雨　主编
世纪激流：今天如何读巴金
李春雨　乔　宇　马　岚　著
Shiji Jiliu: Jintian Ruhe Du Bajin

出版发行	中国人民大学出版社		
社　　址	北京中关村大街31号	邮政编码	100080
电　　话	010-62511242（总编室）	010-62511770（质管部）	
	010-82501766（邮购部）	010-62514148（门市部）	
	010-62515195（发行公司）	010-62515275（盗版举报）	
网　　址	http://www.crup.com.cn		
经　　销	新华书店		
印　　刷	北京昌联印刷有限公司		
开　　本	890 mm×1240 mm　1/32	版　次	2024年4月第1版
印　　张	5.625插页1	印　次	2024年4月第1次印刷
字　　数	93 000	定　价	38.00元

版权所有　　侵权必究　　印装差错　　负责调换